papierverzierer

1. Auflage, Papierverzierer Verlag, Essen
Herstellung, Satz, Lektorat: Papierverzierer Verlag
Cover: Legendary Fangirl Design // Tina Köpke

Alissa im Drunterland ist auch als E-Book auf vielen Plattformen erhältlich.

ISBN 978-3-95962-341-4

www.papierverzierer.de

Bibliografische Information der Deutschen Nationalbibliothek
Die Deutsche Nationalbibliothek verzeichnet diese Publikation in der Deutschen Nationalbibliografie; detaillierte bibliografische Daten sind im Internet über http://dnb.dnb.de abrufbar.

Für meine Freunde,
die mich immer wieder überall hinbegleiten. Ins Wunderland. In die T.A.R.D.I.S. Nach Hogwarts. In die Bakerstreet. Nach Narnia. Nach OZ. Hinter den zweiten Stern rechts. Nach Mittelerde. Oder in all die Welten, die wir erst noch erfinden müssen – wohin es uns auch immer verschlägt. Und die stets verstehen werden, wenn ich sage: »After all this time?« – »Always!«

»Bitte sag mir, welchen Weg ich nehmen soll.«
»Das hängt davon ab, wohin du willst.«

Lewis Carroll, Alice im Wunderland

PROLOG

Kaputte Uhren. Zerbrechende Welten.

Dunkle Augen, tief wie die Untiefen des Nachthimmels, musterten die weißgetigerte Katze, die sich beflissentlich über das Buch beugte, als gäbe es dort Antworten auf die noch ungestellten Fragen, die in der Luft lagen.

Der Schwanz der Katze schlängelte durch die Luft wie eine tanzende Kobra. Die Frau, der die nachtdunklen Augen gehörten, wusste, dass dies etwas zu bedeuten hatte, jedoch blieb ihr verborgen, was, aber sie zweifelte gleichermaßen daran, dass die Katze es ihr sagen würde.

Katzen behielten ihre Geheimnisse ebenso für sich wie ihre Beweggründe. Und Lesekatzen waren für gewöhnlich noch verschwiegener.

Eine Weile stand die Frau einfach da und beobachtete, wie die Katze las. Ab und an war ein Brummen zu hören, ein Schnurren, ein Maunzen, aber nie ein Wort.

Irgendwann hielt es die Frau nicht mehr aus. »Was?«, herrschte sie die Lesekatze an. »Was ist passiert?«

Das getigerte Tier hob den Kopf und ihre Gestalt mit dem rabenfedernschwarzen Haar, dem mitternachtsblauen Kleid und dem mondweißen Gesicht spiegelt sich in den Katzenaugen.

»Nun«, miaute die Katze und leckte sich über eine Vorderpfote. »Es ist so. Die Uhr des Nachthasen ist kaputt. Ihre Zeiger drehen sich nicht mehr, ihr Uhrwerkherz tickt nicht mehr.« In der Spiegelung der Katzenaugen wurde das Gesicht der Frau noch blasser, als es ohnehin schon gewesen war.

»Das bedeutet …«, schlussfolgerte sie, sprach den Satz jedoch nicht zu Ende.

»… dass Drunterland untergehen wird«, fügte die Lesekatze die fehlenden Worte hinzu.

Die dunkle Dame nickte und dachte eine Weile nach. »Das darf nicht geschehen«, flüsterte sie dann. »Wenn Drunterland untergeht, dann …«

Wieder war sie nicht fähig weiterzusprechen, wieder beendete die Katze den Satz: »… geht Anderland auch unter, ja.«

»Das darf nicht geschehen«, flüsterte die in Nacht und Dunkelheit gekleidete Frau. Tränen erstickten die Worte beinahe, doch als sie sie wiederholte, hatten sie sich in einen Rettungsring aus Wut und Entschlossenheit verwandelt. »Das darf nicht geschehen.«

Die Katze schwieg. Katzen sprachen nie, wenn es nicht unbedingt sein musste.

Erst als die Frau sie wieder ansprach, antwortete sie auf die nicht gestellte Frage.

»Nun, um Drunterland zu retten, werdet Ihr den traurigen Uhrmacher und den Nachthasen finden müssen. Sie allein können Drunterland retten. Und auch …«

Die Frau in Schwarz wirbelte herum. »Und wo finde ich sie?«

Die Lesekatze maunzte und schlug raschelnd mehrere Seiten in ihrem Buch um.

Sie las eine Weile, dann schnurrte sie. »Ihr könnt sie gar nicht finden. Nur ein Menschenmädchen kann dies.«

»Ein Menschenmädchen? So wie …« Die Frau schnippte mit den Fingern, als könnte sie Worte aus der Luft holen, so, wie man einen Fisch aus dem Meer angelte.

»Alice«, ergänzte die Lesekatze. »Nur, dass es nicht Alice sein wird. Alice ist längst Asche und Staub und Erinnerung aus Tinte und Papier. Alice war nie im Drunterland. Sie war nur im Darüber. Im Anderland.«

Die Frau nickte. »Woher bekommt man ein Menschenmädchen?«, fragte sie in einem Tonfall, als bestellte sie einen Salat.

»Aus der Wirklichwirklichwelt«, sagte die Katze in fast demselben Tonfall.

Ihre Besucherin zog die Stirn kraus und bedachte sie mit einem wütenden Blick.

Die Katze blätterte nur eine weitere Seite in ihrem Buch um, vollführte mit ihrem Schwanz einen Kringel und war mit einem Mal genauso verschwunden wie das Buch und die gesamte Bibliothek, in der sie eben noch gestanden hatten.

KAPITEL I

Die Treppe. Bleibende Bilder.

Alissa sah auf die Zeichnung, die sie gedankenverloren in ihr dickes Skizzenbuch gekritzelt hatte. Sie wusste schon, was passierte, noch bevor sie es sah.

Die Treppe, abermals und schon wieder, so wie tausende Male zuvor. Alissa malte diese Treppe, seit sie denken konnte.

Am Anfang hatte sie nur aus kindlich hingekritzelten Linien bestanden, später waren die Striche filigraner geworden, bunte Farben waren Schattierungen aus Bleistift und Kohle und Rötel gewichen und Strichmännchen hatten auf den leeren Blättern Platz für detailreiche Einzelansichten gemacht.

Die Treppe war aber stets dieselbe geblieben.

Eine schmale Wendeltreppe, die in eine unbekannte Tiefe führte. Ihre Stufen mal winzig klein und dann wieder so groß, dass man sie nur mit Hilfe einer Leiter hinabsteigen konnte. Manchmal waren sie ausgetreten, dann wieder so, als wären sie neu gezimmert worden. Stufen aus Holz wechselten sich mit solchen aus Stein ab. Es gab Stellen, an denen gab es nicht einmal mehr Stufen, sondern nur Schrägen aus glattem Marmor oder losem Geröll. Da waren Stufen, auf denen Blumen und Gras wuchsen und andere, die bestanden aus schwarzen Gewässern, aus deren Tiefen unheilvolle Bläschen emporstiegen, als würde dort etwas lauern und warten.

All das war umgeben von einer in Stein geschlagene Fensterbalustrade. Über jeder Stufe gab es ein Fenster, mal bogenförmig, dann wieder rechteckig wie der Rahmen eines Bildes, als nächstes oval oder gar kreisrund wie ein Bullauge, wieder andere waren breit und hatten zwiebelförmige Spitzen. Es gab Fenster mit Scheiben aus Glas und Spiegel, vergitterte und völlig freie, mit Läden versehene und zugemauerte, die sich alle schillerlockig weiter und weiter nach unten drehten und die Stufen der Treppe begleiteten.

Alissa wusste nicht, was am Ende der Treppe wartete.

Sie kannte den Eingang, ihn hatte sie oft gemalt. Ein herzförmiges Tor, schwer und mit reliefartigen Bildern verziert.

Dann und wann stand das Tor offen, anderntags nicht.

Nie sah man jemanden herauskommen.

Meistens sah sie die Treppe in ihren Träumen, aber manchmal tauchte sie auf, wenn sie mit der Straßenbahn fuhr, in jenen Momenten, den die Glasscheiben brauchten, um zu Spiegeln zu werden, und die Welt sich zu einem vorbeifließenden Farbstrom verwandelte.

Dann zeichnete sie, gedankenverloren und ohne hinzusehen, in das dicke ledergebundene Buch, dessen leere Seiten sich über die Jahre hinweg mit Bildern gefüllt hatten. Nicht alle zeigten die Treppe, manche auch sonderbare Wesen oder merkwürdige Tiere wie einen Seelöwen mit Brille oder einen Kolibri mit Posttasche. Es gab auch Zeichnungen, die beinahe wie mechanische Entwürfe anmuteten. Da war die detaillierte Skizze einer Taschenuhr mit ihren Zahnrädchen oder ein Schneestern, der so wirklich erschien, als würde er jeden Moment von dem Blatt Papier herunterfallen.

Nie hatte sich Alissa gefragt, woran es lag, dass sie diese Dinge sah. Am Anfang hatten ihre Eltern gedacht, es käme von den Geschichten, die Alissas Großmutter ihr vorgelesen hatte, verrückte und phantasievolle Geschichten. Aber dann waren diese Geschichten in Vergessenheit geraten – Alissa hatte trotzdem weitergemalt.

Ihre Eltern reagierten unterschiedlich darauf, mal mit Bewunderung und Verständnis, mal mit wütenden Schreien und manchmal hatten sie ihr sogar das Buch weggenommen.

Inzwischen, so schien es, war es ihnen gleichgültig. Es kümmerte sie nicht, ob Alissa tagein, tagaus das alte und dem Auseinanderfallen nahe Buch mit sich rumschleppte und zeichnete, obwohl sie besser lernen sollte, und weil sie niemals einen Blick auf die Bilder warfen, bemerkten sie nicht, dass die Bilder in gleichem Maße trauriger wurden, wie es auch ihre Tochter wurde.

Ja, Alissa war traurig.

Nicht wegen ihren Eltern und auch nicht wegen der Schule, in der sie trotz ihrer Träumereien gut mitkam und sogar auf einige wenige Freunde hoffen konnte, sondern wegen ihren Träumen.

Denn auch sie wurden dunkler und trauriger.

Fast immer lag die Treppe im Dunkeln, und selbst die blumig bunten Abschnitte, die Alissa zuvor ein Lächeln auf die Lippen gezaubert hatten, erschienen nun finster und von unheimlichen Geräuschen durchwoben.

Man sah sie auf den Bildern nicht, aber Alissa wusste, dass sie da waren. Für sie waren sie latent. Nie sah sie etwas oder jemanden, und sie versuchte, wenn sie nicht träumte, nicht an die Geräusche zu denken. Sie bemühte sich, nicht zu zeichnen, aber das konnte sie nicht, und dann kam der Tag, an dem sie auch die Geräusche nicht mehr ignorieren konnte, denn mit einem Mal waren da Worte. Deutlich gesprochene, klar artikulierte Worte.

»Hilf uns!«

Nicht mehr und nicht weniger.

Und Alissa wollte helfen. Nur dass sie nicht wusste, wie, und auch nicht, wen sie fragen sollte.

Einige Tage später saß sie abermals in einer Straßenbahn. Sie wusste nicht, welche Linie es war und ebenso wenig hatte sie eine Ahnung, wo sie aussteigen sollte, sie hatte einfach beschlossen, loszufahren und sich treiben zu lassen.

Manchmal war nicht-suchen die beste Art, etwas zu finden.

Und jetzt hatte sie wieder die Treppe gemalt, aber das Bild erklärte ihr so viel wie all die anderen Bilder zuvor. Nichts.

Mit einem Seufzer sah sie durch die Scheiben der Straßenbahn. Die Welt zerfloss zu einem Wirbel, und die im Stand noch durchlässigen Scheiben verwandelten sich mehr und mehr in Spiegel. Alissa sah ihr eigenes, schmales Gesicht, das immer viel zu blass war und das Haar, das ihr Gesicht einrahmte. Als »flüssiges Gold« hatte ihre Großmutter es beschrieben. Die Erinnerung an die alte Frau war der einzige Grund, weswegen sie es nicht färbte.

Eine Weile dachte sie über ihre Großmutter nach, erinnerte sich an die Geschichten, die sie ihr erzählt hatte, während sich Bäume vor ihren Augen zu Streifen aus Grün und Braun verwandelten, die sich mit asphaltgrauen Häuserzeilen abwechselten. Überall waren Lichter, sie wurden zu Schlieren, und plötzlich erschien da ein Gesicht in der sich spiegelnden Scheibe, dem ihren nicht unähnlich und doch ganz anders, irgendwie fremd und zugleich vertraut. Alissa zuckte erschrocken zurück, stieß einen erstickten Schrei aus und wandte sich ab. Der Herr ihr gegenüber in seinem grauen Anzug sah sie herablassend an, und als ihre Blicke einander trafen, las sie den Spott in seinen Augen wie Worte in einem aufgeschlagenen Buch. Sie presste erst die Lippen aufeinander, doch sie achtete nicht weiter auf ihn, sondern richtete ihre Aufmerksamkeit wieder auf die Scheibe, fest in der Erwartung, dort abermals nur die vorbeihuschende Welt zu sehen, aber sie irrte sich.

Das Gesicht war noch da.

Ein altes Gesicht, in dem sich Falten wie Wege abzeichneten, gegangene Pfade und hinterlassene Spuren, mit schmalen Lippen und Augen, die wie ihre waren, dunkelbraun und immer ein wenig mit Traurigkeit erfüllt.

Für einen Moment glaubte sie, ihrer Großmutter entgegenzublicken, etwas, das ihr zwar unheimlich gewesen wäre, das sie jedoch noch in irgendeiner Weise verstanden hätte. Doch dann bemerkte sie das kurze, graue Haar und die kleinen, silbernen Bartstoppeln am Kinn.

Das Gesicht im Fenster gehörte einem Mann. Und dieser Mann bewegte nun die Lippen.

Kein Laut war zu hören, dennoch verstand Alissa, was er sagte: »Geh dort hin, wo die Zeit rückwärts geht und sich Uhren falsch herum drehen.«

Das Gesicht verschwand und ließ eine verwirrte Alissa zurück, die nicht verstand und nicht wusste, was sie mit dieser Anweisung anfangen sollte, bis die Bahn anhielt und die Spiegel wieder zu Scheiben wurden, durch die sie auf einen Uhrenladen sehen konnte, den sie nie zuvor bemerkt hatte.

»Nein«, korrigierte sie sich selbst mit einem verwirrten Kopfschütteln, wobei sie ihr Skizzenbuch noch fester griff und aufsprang, um im letzten Moment durch die Tür zu gleiten, »er war bis jetzt einfach noch nicht dort gewesen.«

KAPITEL II

Der Uhrladen. Die Zeit dreht sich um.

Ja, sie wusste es wieder. Noch einen Tag zuvor hatte es dort einen dieser Supermärkte gegeben, dessen Leuchtreklame einem an beinah jeder Straßenecke entgegenstrahlte. Die Passanten um sie herum, schienen den kleinen Laden mit der dunklen Holztür nicht zu bemerken, und zu ihrer Verwunderung trugen mehrere von ihnen Tüten ebenjenes Supermarktes mit sich, der bis gestern dort gewesen war.

»Womöglich benutzen sie die Tüten auch anderweitig«, versuchte sie sich zu beruhigen, doch so recht gelang ihr das nicht.

Die Treppe und all die sonderlichen Dinge, die mit ihr zu tun hatten, zu sehen, war das eine, aber ein ganzer Laden war noch etwas völlig anderes.

Weil Alissa aber nicht an Zufälle glaubte und ihr die Worte der Gestalt im Fenster noch zu sehr durch den Kopf hallten, ging sie kurzentschlossen auf die schmale Ladentür zu, deren obere Hälfte von einem Glasbild ausgefüllt war, das eine zerfließende Uhr zeigte, wie sie sie von den Bildern Dalis kannte. Sie blieb davor stehen und betrachtete die Uhr, dann fasste sie sich ein Herz und griff nach der schlichten goldfarbenen Türklinke, drückte sie herunter und betrat, begleitet vom melodischen Bimmeln einiger Glöckchen, das kleine Geschäft. Der Raum zog sich lang und schmal in die Tiefe. Die gesamte rechte Seite wurde von einer Ladentheke begleitet, in der Armband- und Taschenuhren neben Uhrenketten und –ringen lagen. Hinter der Theke standen weitere Vitrinen, gefüllt mit edlen Tischuhren, Weckern, Taschenuhren, Stundengläsern und ihren kleineren Verwandten, den Sanduhren. In einem anderen Regal standen Küchenuhren in allen Formen und Farben, während die weiße Wand dazwischen mit allerlei Uhren zum Aufhängen überfüllt war. Kuckucksuhren hingen zwischen Wanduhren jeglicher Art.

Gegenüber der Theke standen die großen Standuhren. Mächtige Pendel schlugen im Takt, zu denen filigrane Zeiger tanzten.

Niemand außer ihr war zu sehen, doch die kleine Tür in der hintersten Ecke des Raumes ließ Alissa vermuten, dass im nächsten Moment jemand kommen würde.

Sie sah sich weiter um.

Das Ticken der Uhren erfüllte den ganzen Raum und ließ Alissa leicht schwindeln. Sie meinte sogar, das Rieseln in den Sanduhren und Stundengläsern hören zu können.

Sie betrachtete eine Uhr nach der anderen. Aber nicht ein Zeiger bewegte sich in die falsche Richtung, nicht ein Körnchen Sand stieg nach oben, anstatt nach unten zu rieseln. Ja, die Zeit verging, wie sie es immer tat. Obwohl sie meinte, dass etwas in all dem Ticken fehlte.

»Die Zeit geht stets nach vorn, niemals zurück.« Alissa fuhr herum. Vor einer kleinen Tür im hinteren Teil des Ladens stand ein Mann, von dem sie sich sicher war, dass er den Augenblick zuvor noch nicht da gewesen war. Er wirkte recht alt, von großer, hagerer Gestalt und stand ein wenig gebeugt da. Seine Kleidung, bestehend aus einem eleganten braunen Anzug mit passender Weste und einem weißen Hemd mit schwarzer Fliege, wirkte gepflegt, aber alt. Eine dünne, goldene Uhrenkette führte zu der Brusttasche seines Jacketts. Wirres, weißes Haar stand in einem dünnen Kranz von seinem Kopf ab und stand im Gegensatz zu dem ordentlichen, fein gedrehten Schnurrbart, der Alissa an Uhrzeiger erinnerte.

Er musterte Alissa freundlich, die immer noch völlig erstarrt mitten im Laden stand, und kam mit einem Lächeln langsam auf sie zu.

Nur mühsam konnte sich Alissa aus ihrer Starre lösen. Das, so dämmerte es ihr, musste der Besitzer des Ladens sein, der Uhrmacher. Wahrscheinlich hatte sie irgendein Signal ausgelöst, eine Glocke im hinteren Teil des Geschäftes, eine Lichtschranke oder so etwas in der Art, weswegen er nach vorn gekommen war. Warum aber hatte er diesen merkwürdigen Satz gesagt? So begrüßte man für gewöhnlich keine Kunden. Aber er konnte doch nicht … woher sollte er …?

»Verzeihung«, begann sie und zögerte. »Was haben Sie da eben gesagt?«

Das Lächeln des Mannes wurde breiter. »Ich sagte, dass die Zeit sich stets nach vorn bewegt und niemals zurückgeht. Man kann sie nicht umkehren oder schneller machen, man kann nicht in ihr stillstehen. Die Zeit geht immer nur vorwärts.« Alissa nickte verwirrt. »Aber warum sagen Sie mir das? Wer sind Sie?«

Der Mann deutete eine Verbeugung an. »Ich bin Herr von Tick, der Uhrmacher. Und ich sage Euch diese Dinge, junges Fräulein, weil Ihr eine Uhr sucht, die rückwärtsgeht.«

»Was?« Alissa starrte ihn fassungslos an. »Woher …?«, begann sie und verstumme ganz plötzlich, denn sie wollte ihm nichts von der Treppe, den unsichtbaren Wesen, den Geräuschen und der Dunkelheit erzählen, die sich über alles legte wie die Nacht über den Tag. Oder von der Stimme, die gesagt hatte, sie solle dort hingehen, wo sich die Zeit rückwärts bewegt … Instinktiv presste sie ihr Skizzenbuch fest an sich.

Herr von Tick lächelte jedoch nur nachsichtig. »Würde es nicht so sein, währt Ihr nicht hier. Diesen Ort findet man nur, wenn man danach sucht.« Alissa starrte ihn immer noch ungläubig an, und der alte Uhrmacher schenkte ihr einen mitleiderfüllten Blick.

»Ach, junges Fräulein«, sagte er, »ich wünschte, ich hätte die Zeit, Euch zu erklären, was dieser Laden für ein verwunschener Ort ist und was es mit mir auf sich hat. Aber so viel Zeit haben wir nicht, denn Zeit hat man eigentlich nie, nicht wahr? Ihr müsst die Treppe hinabsteigen, jawohl, das müsst Ihr, und es eilt, es eilt, es eilt.«

»Woher …?«, begann Alissa erneut.

Doch Herr von Tick winkte ab. »Keine Zeit«, sagte er, trat mit hastigen Schritten zu ihr, legte seine langen, schmalen Hände auf Alissas Schultern und drehte sie um die eigene Achse. Sie versuchte, sich aus seinem Griff zu winden, aber der Uhrmacher drehte sie weiter, ohne auf ihre Gegenwehr zu achten.

»Also, wenn die Zeit niemals rückwärts geht, werdet Ihr auch nirgends eine Uhr finden, die dies tut, nicht wahr?« Alissa war nicht fähig, irgendetwas zu tun, sie ließ sich einfach weiterdrehen und hörte dem seltsamen Mann zu.

»Aber Ihr sucht nicht die Zeit. Ihr sucht lediglich eine Uhr, die sich rückwärts dreht, so wie Ihr euch in diesem Moment gegen den Uhrzeigersinn dreht.«

Er sah sie herausfordernd an, und als sie nichts sagte, legte sich seine Stirn in tiefe Falten und drehte sie ohne Rücksicht weiter.

»Ihr müsst schon selbst auf die Lösung kommen, junges Fräulein. Denn ich darf Euch den Weg nicht sagen, nein, nein, ich kann Euch nicht anders helfen, als Euch zu drehen, kleine Dame, nur drehen darf ich Euch, wie ein Uhrrädchen.« Alissa wurde schwindelig, aber Herr von Tick sprach einfach weiter. »Was also könnt Ihr tun, junges Fräulein, um eine Uhr zu finden, die sich rückwärts dreht?«

Seine langen Hände drehten Alissa weiter, bis sie meinte, nicht mehr klar denken zu können. Immer wieder schwirrten ihr die Worte des Uhrmachers durch den Kopf … Zeit … nicht rückwärts drehen … Uhrrädchen drehen … und vermischten sich mit denen der seltsamen Gestalt in den spiegelnden Straßenbahnscheiben … eine Uhr, die sich rückwärts dreht.

Abrupt stoppte sie und schüttelte die Hände des Uhrmachers ab. Es dauerte ein wenig, bis das Drehen der Worte in ihrem Kopf aufhörte, doch dann sah sie den Uhrmacher fest an.

»Ich«, japste sie noch ein wenig atemlos, »muss an einer Uhr drehen. Ich muss sie rückwärtsgehen lassen.«

Der Uhrmacher ließ die Hände sinken. »Ihr habt es«, jubelte er und machte tatsächlich einen kleinen Satz in die Luft. »Sehr schön, junges Fräulein, sehr schön. Dann werden wir jetzt schnell eine Uhr für Euch finden müssen.«

Verwundert sah Alissa zuerst Herrn von Tick an, dann betrachtete sie ihre Armbanduhr. Der alte Mann folgte ihrem Blick.

»Nein«, schloss er kategorisch aus. »Zwar ein sehr schönes Stück, aber nein.« Und noch ehe Alissa nachfragen konnte, warum »nein«, griff er nach ihrer Hand und führte sie zu der Vitrine mit den Uhren, die sie zuvor schon bewundert hatte. Mit einem kleinen silbernen Schlüssel öffnete er die Glastür, betrachtete die ausgestellten Uhren eine Weile und lauschte angestrengt ihrem Ticken.

»Keine Sanduhr, nein, nein. Vielleicht eine Taschenuhr …« Er griff nach einem goldenen Exemplar, doch als er sie gerade mit den Fingerspitzen berührte, zuckte er zurück. »Nein, wohl auch nicht, nein.«

Seine Hände fassten nach einer sehr kleinen silbernen Uhr mit einem runden Ziffernblatt aus irisierendem Mondstein. »Die vielleicht«, murmelte er und holte sie hervor.

Erst jetzt sah Alissa die dünne Silberkette, an der sie herabhing.

»Hier«, sagte er und reichte sie Alissa.

Sie nahm die Uhr entgegen und wusste nicht, was er von ihr wollte.

»Nun, Ihr müsst an ihrem Rädchen drehen«, sagte der Uhrmacher ungeduldig. »Dann werden wir sehen. Aber ich habe ein gutes Auge für Uhren, ja, das habe ich.« Er zwirbelte die Spitzen seines zeigerhaften Schnäuzers zwischen den Fingern. Alissa klemmte sich das Skizzenbuch unter den Arm und begann, das Rädchen der Uhr rückwärts zu drehen.

Zuerst ging es nur sehr schwer, dann wurde es immer leichter und leichter, bis sie meinte, das Rädchen würde sich von selbst bewegen. Sie sah den Uhrmacher fragend an, versuchte, in seinem Gesicht zu erkennen, ob passierte, was er erwartete, und zu ihrem Schrecken stellte sie fest, dass der Uhrmacher gar nicht mehr da war. Das heißt, er war noch da, aber er war nicht mehr Uhrmacher, wie er es noch einen Wimpernschlag zuvor gewesen war. Seine Konturen verliefen, ja, der ganze Laden um sie herum zerrann wie die zerflossene Uhr in der Buntglasscheibe der Eingangstür. Linien verschwammen und Farben wirbelten herum, bis die Konturen dahinschmolzen und nichts blieb als Farbtropfen, die auf Alissa herabfielen, als wären sie der Regen.

Von irgendwoher kam die Stimme des alten Uhrmachers, die ihr nachrief: »Ihr dürft Euren Zauber niemals verlieren, hört Ihr? Niemals, kleines Fräulein!« Alissa wollte antworten, dass sie doch gar nicht zaubern könne, aber sie brachte kein Wort heraus. Sie meinte zu fallen, doch sie fiel nicht, sie war nur plötzlich nicht mehr dort, wo sie zuvor noch gewesen war.

KAPITEL III

Das Tor, ein Türknauf und die Rosen.

Einen Moment lang glaubte sie zu träumen. Vor ihr, hoch in den Himmel aufragend, stand das Tor in Form eines Herzens, hinter dem die Treppe lag, die sie so oft in ihren Gedanken gesehen und in ihr Buch gezeichnet hatte. Das Tor war geschlossen. Sie sah die in die Torflügel eingelassenen Bilder. Spielkarten mit Beinen und Armen, die Speere trugen. Hier und da zeigten die Bilder eine Königin mit einer herzförmigen Krone, an einer anderen Stelle einen schmalen Sichelmond, wie ein breites Grinsen, oder eine kleine Maus, die in einer Teetasse saß.

Hinter dem Tor lag die Treppe, und Alissa wusste auch, dass sie auf ihr hinuntersteigen musste, aber da sie nie zuvor hatte sehen können, was sich rund um das Tor befand, wollte sie das natürlich wissen.

Enttäuscht stellte sie fest, dass es um sie herum nichts als eine mit Rosen bestickte Hecke gab.

Nach einem kurzen Moment des Zögerns griff sie daher nach dem runden, kugelförmigen Türknauf, zog daran und stolperte schon in der nächsten Sekunde erschrocken zurück, da sie ein langgegezogenes »Aaaauuuuuuaaaaaaaaa!« hörte.

»Wer ist da?«, fragte sie mit klopfendem Herzen, aber außer der Hecke mit den roten Rosen und dem herzförmigen Tor war nichts und niemand zu sehen. Alissa schüttelte Kopf. »Vielleicht habe ich es mir nur eingebildet«, dachte sie, ging zurück zum Tor und griff ein zweites Mal nach dem runden Türknauf.

»Aaaauuuaaaa«, erklang es erneut, und wieder suchte Alissa die Umgebung ab.

»Ich bin hier«, sagte eine Stimme, die klang, als würde sich jemand beim Sprechen die Nase zuhalten.

»Hier?«, fragte Alissa zurück, die immer noch niemanden ausmachen konnte.

»Ja. Genau hier. Du hältst meine Nase fest.«

Irritiert nahm Alissa die Hand vom Türknauf und starrte darauf. Verwundert stellte sie fest, dass der runde Griff einer Nase gleich wackelte und sie zwei silberne Augen ansahen, deren Iriden wie die kleinen Kreuze einer Schraube wirkten.

»Danke«, sagte die Stimme, die sich jetzt ganz anders anhörte. Alissa schnappte nach Luft, als sie begriff, dass sich das leere Schloss unterhalb des runden Griffes wie ein Mund bewegte.

»Das kann alles nicht wahr sein«, murmelte sie und kniff sich in den Arm, schließlich hieß es, dass man dann sogleich aufwachte und im eigenen Bett lag. Aber Alissa wachte nicht auf.

»Also«, sagte der Türknauf, der nicht auf Alissa geachtet hatte. »Wer bist du, dass du an meiner Nase ziehst?«

»Alissa«, antwortete Alissa. »Ich wusste nicht, dass es deine Nase ist.«

»Alissa«, wiederholte der Türknauf nachdenklich. »Alissa … das klingt irgendwie nach einem Menschennamen.«

»Ich bin ein Mensch«, stellte Alissa fest.

Der Türknauf riss die Schraubenaugen auf. »Ein Mensch? Oh, wie wunderbar. Wie lang ist schon kein Mensch mehr hier gewesen?«

»Lange nicht mehr, sehr lange«, antworteten von links und rechts singende Stimmen.

»Wer spricht da?«, rief Alissa, deren Blicke hin und her huschten, ohne etwas anderes als die Rosenhecke zu sehen.

»Wer hier spricht?«, wiederholten die Stimmen ein wenig spöttisch. »Wir natürlich, wir.«

»Wer ist ›wir‹?«, wollte Alissa wissen.

»Die Rosen«, erklärte der Türknauf. »Es sind die Rosen.« Alissas Kopf schnellte herum und tatsächlich sah sie, dass jede einzelne Rosenblüte ein Gesicht war und sie ihre Blätter wie Arme bewegten. Einige verschränkten die Arme, andere winkten freundlich.

»Achte nicht auf sie. Rosen sind eingebildete Geschöpfe. Die denken stets, sie wüssten alles.«

»Das tun wir auch!«, antworteten einige Rosen pikiert, während andere nur ein abfälliges »Pff«, von sich gaben, als wäre es unter ihrer Würde, noch etwas zu sagen.

Der Türknauf schnitt eine Grimasse. »Wie ich sagte: Achte nicht auf sie. Wo waren wir? Ach ja. Es ist lange her, dass ein Mensch hier war, sehr lange. Welchen Wochentag haben wir heute?«

»Freitag«, antwortete Alissa, immer noch ein wenig verwirrt.

»Freitag?«, rief der Türknauf.

»Freitag«, bestätigte Alissa.

»Oh. Wie traurig.«

»Traurig?«

Der Türknauf nickte mit auf und ab wippender Kugelnase.

»Der Freitag ist ein sehr einsamer Tag.«

»Einsam?«

»Sehr einsam. Denk doch nur: Der Freitag ist der einzige Tag in der Woche, der mit einem »F« beginnt. Alle anderen haben einen Partner. Montag und Mittwoch, Dienstag und Donnerstag. Samstag und Sonntag dürfen sogar nebeneinanderliegen. Nur der Freitag ist allein.«

Eine Träne aus schwarzem Öl tropfte aus einem der Schraubenaugen und für einen Moment schien der Türknauf Alissa völlig vergessen zu haben.

Dann aber schluckte er. »Also«, sagte er mit einem Schniefen, »was willst du im Drunterland.«

»Drunterland?«, fragte Alissa und war verwirrt.

»Drunterland. Der Ort, an den die Treppe führt. Ich bin die Grenze«, erklärte Türknauf, nicht minder erstaunt, dass sie das nicht wusste.

»Ich weiß nicht«, gestand Alissa ein.

»Du weißt es nicht? Aber wie kann man irgendwo hinwollen, wenn man nicht weiß, was man dort will?«

Der Türknauf schüttelte den Kopf, zumindest bewegte sich die Nasenkugel hin und her. Alissa zuckte mit den Schultern. Sie wusste schließlich wirklich nicht, was sie hier sollte oder wollte, aber sie wusste, dass es richtig war. Warum sonst hätte sie sonst immer wieder diesen Ort zeichnen sollen? Warum sonst hatte die Gestalt in der Scheibe ihr den Weg erklärt? Und wie wäre es ihr möglich gewesen, den Uhrladen zu finden?

»Wie ist sie überhaupt hier hergekommen?«, fragten die Rosen und raschelten. »Frag sie doch! Vielleicht darf sie gar nicht hier sein!«

Der Türknauf, der zu den Rosen geschielt hatte, nickte. »Das könnte sein«, murmelte er, bevor er Alissa fragte. »Also. Wie bist du hier hergekommen?«

»Durch das Geschäft von Herrn von Tick«, begann Alissa zu erklären. »Ich habe das Uhrrädchen rückwärts gedreht.« Sie hielt die kleine silberne Uhr an ihrer Kette nach oben.

»Ooooooh«, machte der Türknauf ehrfürchtig und die Rosen neigten die Blütenköpfe wie in einer Verbeugung.

Der Türknauf ruckelte ein bisschen, dann öffnete sich das Tor leise und schwang etwas zurück.

»Wenn das so ist«, sagte er huldvoll und neigte die Nasenkugel.

»Wenn was wie ist?«, fragte Alissa.

»Wenn du eine Uhr von Herrn Tick hast, dann musst du nach unten«, erwiderte der Türknauf. Alissa runzelte die Stirn, doch der Türknauf sagte nichts mehr, nicht einmal, als sie ihm in die Nase kniff und mit einem Drehen das Tor öffnete. Die Rosen schwiegen gleichermaßen. Selbst ihre Gesichter waren verschwunden.

Sie zögerte, trat durch das Tor und stand zum ersten Mal wirklich dem Beginn der Treppe gegenüber, den sie seit so vielen Jahren kannte.

Unsicher drehte sie sich noch einmal um. Mit einem Mal fühlte sie sich schrecklich einsam und wünschte, jemand wäre bei ihr. Doch wer? – Niemand –, gab sie sich selbst zur Antwort. Und doch …

»Herr Türknauf?«, fragte sie in die Stille.

Keine Antwort. Alissa räusperte sich und suchte nach den richtigen Worten, um die Rosen anzusprechen. »Äh, sehr geehrte Rosen«, begann sie zaghaft, doch als nur ein abweisendes Blätterrascheln ihre Worte übertönte, gab sie auf und wandte sich wieder der Treppe zu. Die obersten Stufen waren aus Stein gehauen.

»Was soll denn schon geschehen?«, dachte Alissa bei sich. »Ich kenne die Treppe doch in- und auswendig. Und runter muss ich anscheinend sowieso.«

Eine kleine Stimme in ihr fragte, was denn sei, wenn die Treppe doch nicht so wäre wie auf den Bildern, doch Alissa blendete sie ebenso aus wie die Fragen nach dem Warum und dem Wieso. Manchen Dingen musste man einfach auf den Grund gehen. Und wenn man den Weg zurück nicht kannte, blieb nur der nach vorn, so ungewiss er auch war.

Und wie hatte Herr von Tick gesagt? Die Zeit geht stets nach vorne – niemals zurück.

KAPITEL IV

Die Treppe. Der Weg nach unten.

Also betrat Alissa die erste Stufe und dann sogleich die zweite, und wie auf ihren Zeichnungen wirkten die obersten Stufen allesamt wie aus glattem Stein. Neugierig sah sie aus dem in den Stein eingelassenen Bogenfenster, doch sie konnte nichts als undurchdringliche Dunkelheit sehen. Und das änderte sich auch mit den nächsten Stufen nicht.

Irgendwann, längst hatte Alissa aufgehört, Stufen zu zählen, stieß sie auf die erste Stufe, die nicht aus Stein bestand.

Gras wuchs auf ihr und am inneren Rand der Wendeltreppe reckte ein kleiner Baum seine Äste in den diffus beleuchteten Himmel, der gerade so hell war, dass sie den vor sich liegenden Abschnitt der Treppe erkennen konnte.

Obwohl sie zu wissen meinte, dass von dieser Stufe keine Gefahr für sie ausgehen würde – die Stufen, die voll Moor und Sumpf und Treibsand waren, kamen erst weit, weit unten –, tastete sie sich zunächst vorsichtig mit einem Fuß voran.

Plötzlich glomm in der Ecke zwischen den Wurzeln des Baumes ein Licht auf und Alissa zog den ausgestreckten Fuß unwillkürlich wieder zurück.

»Du musst keine Angst haben«, sagte ein fistelndes Stimmchen. »Das hier ist eine gute Stufe. Eine sehr gute Stufe.«

Erstaunt sah Alissa nach unten. Dort, zwischen den Wurzeln des Baumes, hockte ein Hase mit dunkelblauem Fell, auf dem kleine, gelbe Punkte wie Sterne leuchteten, auf seinen Hinterläufen und musterte Alissa mit unentwegt auf und ab wippender Nase. In einer Pfote hielt er eine silberne Uhr. Sie war dem Exemplar, das Alissa von Herrn Tick erhalten hatte, recht ähnlich.

»Wer bist du?«, fragte Alissa erstaunt.

»Ich bin der Nachthase«, antwortete der Hase. »Und du bist das Menschenkind, das uns rettet, oder?« Alissa dachte nach. »Ich weiß nicht«, gab sie unsicher zurück. »Ich weiß eigentlich gar nicht, weswegen ich hier bin. Ich weiß nur, dass ich diese Treppe hier schon sehr lange aus meinen Träumen kenne und nun durch einen Uhrladen gekommen, den es eigentlich gar nicht gibt, und nach dem Treffen mit einigen sprechenden Rosen und einem redenden Türknauf hier bin.«

»Du hast mit den Rosen der Königin gesprochen?«, fragte der Nachthase erstaunt.

»Ja.«

»Wie waren sie?«

»Mmh«, machte Alissa nur, und der Hase nickte wissend. »Ja«, meinte er, »so sind sie.«

»Du hast gesagt, ich soll euch retten?«, hakte Alissa nach einer Weile nach.

Der Nachthase nickte.

»Und wovor soll ich euch retten?«

Jetzt ließ der Nachthase die Ohren hängen. »Das weiß ich nicht so genau. Aber die Königin sagte, dass uns nur ein Menschenmädchen retten könnte.«

»Die Königin?«

Der Hase neigte den Kopf mit den langen Löffeln zu einer Verbeugung. »Ja, die Königin.« Alissa seufzte. »Kannst du mir denn sagen, was passiert ist?«

Der Nachthase sah sie an und seine Schnurrhaare zuckten. »Ach, weißt du, es hummelt einfach nicht mehr im Lavendel.«

»Wie bitte? Was bedeutet das denn?«

Der Hase sah sie irritiert an. »Na, dass es im Lavendel eben nicht mehr hummelt«, erklärte er mit verstörtem Ausdruck. Alissa schüttelte den Kopf. »Es tut mir leid«, sagte sie. »Aber ich verstehe nicht ...« Noch ehe sie den Satz zu Ende bringen konnte, richtete der Nachthase die Löffel auf, als hätte er in weiter Ferne etwas gehört.

»Tut mir leid«, murmelte er sogleich und sprang mit einem Satz auf die nächste Stufe. »Ich muss weiter.«

Und schon war der Nachthase mit einem weiteren Hüpfer nach unten verschwunden. Eine Weile lang starrte Alissa ihm nach, dann stieg sie weiter nach unten. Wie der Nachthase gesagt hatte, war die nächste Stufe wirklich eine gute Stufe, und die, die ihr folgten, schienen es auch zu sein. Schließlich erreichte sie die erste Stelle, an der es nicht einfach so weiterging. Es war einer jener Treppenabschnitte, auf denen es keine richtigen Stufen mehr gab, sondern nur eine mehr oder weniger gleichmäßig abschüssige Fläche voller Geröll.

Sie fragte sich, wie sie weiterkommen sollte, da spürte sie, wie etwas sie an der rechten Schulter packte und nach oben riss. Alissa schrie wie wild, ruderte mit den Armen und trat um sich, aber was immer sie aufgegriffen hatte, machte keine Anstalten, sie wieder loszulassen. Mit halsbrecherischem Tempo ging es in die Tiefe, über den Geröll-Abschnitt hinweg und noch weiter, über sandige und hölzerne Stufen und solche, die an kleine Teiche erinnerten – alldem, was Alissa schon so oft gezeichnet hatte. Manchmal meinte sie, Augen aufblitzen zu sehen, war sich aber nicht sicher und wollte genauer hinschauen, nur gab ihr das Tempo des Fluges keine Gelegenheit dazu. Gleichermaßen versuchte sie rauszufinden, was sie gepackt hatte, allerdings konnte sie weder etwas erkennen noch etwas greifen. Sie spürte nur, dass sie von etwas festgehalten wurde.

Sehr schnell, viel schneller als erwartet, kam das Ende der Treppe und so abrupt, wie sie hochgehoben worden war, wurde sie nun ordentlich auf ihre Füße gestellt und losgelassen. Es dauerte ein wenig, bis sie das leichte Gefühl der Schummrigkeit aus dem Kopf vertrieben hatte und sie sich umsehen konnte.

Wie zuvor entdeckte sie nichts. Da war nur die Treppe mit ihren vielen verschiedenen Stufen, die sich in einer engen Spirale nach oben schlängelte.

»Eigentlich«, sagte sich Alissa, »ist es gar nicht verkehrt, dass ich jetzt hier unten bin. Auch wenn es schade ist, dass ich viele Stufen nun doch nicht sehen konnte. Aber die ganze Treppe zu gehen, hätte wohl doch recht lange gedauert.«

Ein leises und irgendwie zufriedenes »Schuhu« erklang neben ihrem Ohr. Alissa wirbelte herum und sah sich unvermittelt Auge in Auge einer winzig kleinen, beinah kugelförmigen Eule mit riesigen, silberleuchtenden Augen.

»Schuhuuuu!«, machte das kleine Tier, als wäre es überglücklich, dass Alissa es entdeckt hatte.

»Wer bist denn du?«, fragte Alissa verzückt.

»Schuhu-huhu-huhu«, lautete die wenig auskunftgebende Antwort.

»Du kannst nicht sprechen?«, erkundigte sich Alissa zögernd und auch ein wenig enttäuscht. Schließlich hatte der Nachthase auch sprechen können. Aber vielleicht war das so, weil er ein Nachthase war. Vielleicht konnten gar nicht alle Tiere sprechen.

»Er issst ein Mondkäuzzzchen«, zischte da eine Stimme zu ihren Füßen und Alissa sah dort eine feuerrote Schlange sitzen, die sich zu einem Kringel gedreht hatte, der Alissa an die Wendeltreppe erinnerte. »Mondkäuzzzchen können nicht sprechen. Aber sssie können sssehr schwere Dinge über sssehr weite Strecken tragen.« Alissa sah wieder zu dem Mondkäuzchen. »Du hast mich getragen?«, fragte sie.

»Schuhuuuu!« Die winzige Eule schlug begeistert mit den kleinen Flügeln.

»Dasss war ein ›Ja‹«, übersetzte die rote Schlange mit einem Leuchten.

Die kleine Eule schuhuhte ein weiteres Mal, flatterte dann mehrfach mit den Flügeln, und schon bald landete sie auf Alissas Schulter und schmiegte sich an sie. Alissa lachte und streichelte ihr vorsichtig über das Gefieder.

Die Schlange am Boden zischte ungeduldig, so dass Alissa wieder zu ihr hinabblickte.

»Und du«, fragte sie, »wer bist du?«

Die Schlange neigte ihren Kopf wie zu einer Verbeugung.

»Ich bin Blitzzz. Die Feuerschlange. Ich hüte die letzte Stufe.«

»Die letzte Stufe?«

Die Schlange nickte, ringelte sich im Kreis zusammen, und plötzlich war ihr Schwanz, der ebenso ein Gesicht hatte, ihr Beginn und sie sagte mit einer anderen Stimme: »Manchmal issst esss auch die erssste Stufe, je nachdem wie man esss sssieht.«

Sie drehte sich wieder um und starrte Alissa an.
»Und du? Wer bist du?«
»Ich bin Alissa.«
»Ein Mensch«, zischte Blitzzz.
»Ja.«
»Dass isssst gut«, säuselte die Feuerschlange. »Esss hummelt nicht mehr im Lavendel, mussssst du wisssssen.«
»Das hat der Nachthase auch schon gesagt«, erwiderte Alissa bekümmert. »Aber leider weiß ich gar nicht, was das bedeutet.«
Der Kopf der Schlange zuckte mit einem Ruck nach oben. »Du hassst den Nachthasen getroffen?«, zischte sie.
»Ja, auf der ersten Stufe, die nicht aus Stein bestand.«
»Hatte er eine Uhr dabei?«
»Ja.«
Die Schlange drehte und wand sich und immer wieder trafen sich ihre beiden Kopfenden und zischten sich etwas zu. Alissa. Der kleine Mondkauz auf ihrer Schulter knabberte derweil nur an ihrem Haar und schuhuhte zufrieden vor sich hin.
Endlich kam die Feuerschlange zur Ruhe.
»Du mussssst hinter ihm her«, befanden ihre beiden Köpfe sogleich. »Sssofort.«
»Was? Aber warum? ... He, lass das!«, empörte sich Alissa, als die beiden Köpfe der Schlange nach ihren Füßen schnappten. Stolpernd taumelte sie zurück.
»Was soll denn das jetzt?«
»Du mussssst dem Nachthasen hinterher! Esss geht um die Uhr, verstehssst du? Allesss dreht sssich um die Uhr!«
»Die Uhr?«, fragte Alissa, jetzt schon ein wenig außer Atem und immer noch bemüht, den schnappenden Schlangenköpfen auszuweichen. Blitz machte ihrem Namen wirklich alle Ehre.
»Natürlich«, zischte die Schlange. »Die Uhr! Du mussssst zur Uhr! Lauf! Geh schon!« Wieder und wieder schnappten die beiden Schlangenköpfe nach Alissas Beinen, und als hätte das Tier bemerkt, dass das Mädchen überlegte, ob sie das wirklich ernst meinte, schnellte sie nach vorne und biss zu. Nicht genug, um wirklich zu verletzten, aber trotzdem doll genug, um die Ernsthaftigkeit zu beweisen. Der

kleine Biss verfehlte sein Ziel nicht: Alissa drehte sich um und rannte, ohne auf die Richtung ihrer Schritte zu achten. Das kleine Mondkäuzchen krallte sich am Stoff ihrer Jacke fest.

KAPITEL V

Der Wald, der Schmetterling und der Weg.

Irgendwann hörte Alissa auf zu rennen, wie man es eben einfach so tut, wenn man losrennt, ohne zu wissen, wohin man überhaupt will. Irgendwann halten die Beine einfach an, sei es, weil man schlicht und einfach nicht mehr kann, sei es, weil sie der Meinung sind, es wäre genug. Alissa beugte sich keuchend nach vorne und hielt sich die Seiten. Kleine, tanzende Sterne vermischten sich mit der Dunkelheit vor ihren Augen. Sie hoffte, dass die Dunkelheit vergehen würde, wenn sie nur wieder zu Atem kommen würde, doch als sie wieder zu Atem kam und die Sterne verblassten, blieb die Dunkelheit bestehen. Mit einem miesen Gefühl in der Magengegend versuchte Alissa etwas zu erkennen. Es dauerte eine Weile, aber alsbald konnte sie erste Umrisse ausmachen. Sie hielt sich offenbar in einem Wald auf. Um sie herum ragten Bäume in die Höhe, so hoch und breit, dass sie den Kopf in den Nacken legen musste, um die Kronen am Himmel zu entdecken.

Ein Schuhuhen neben ihrem Ohr lenkte sie ab. Der kleine Kauz, als silbrig schimmernde Federkugel auf ihrer Schulter, erleichterte ihr Gefühl, ganz allein zu sein.

»Du bist noch da«, stellte sie fest.

Das Käuzchen antwortete mit einem leisen »Schuhu« und knabberte zur Bekräftigung an ihrem Ohrläppchen.

»He«, rief Alissa, verstummte dann aber augenblicklich wieder, als sie bemerkte, wie weit ihre Stimme hallte. Um sie herum gab es nichts weiter als Baumstämme, zwischen denen die Schatten ihre schwarzen Bilder malten. Alissa wollte sich nicht vorstellen, was hinter den Schatten liegen mochte. Die schlimmen Dinge, erinnerte sie sich, passieren oft in den Schatten. Nicht nur, aber oft.

»Es ist ganz schon dunkel hier«, flüsterte sie, presste das Skizzenbuch an sich, als könnte es sie vor der Dunkelheit beschützen, und versuchte abermals, in der Dunkelheit etwas zu erkennen.

»Schuhuuuuu«, machte das kleine Käuzchen auf ihrer Schulter, plusterte sich schnabelklappernd auf und begann auf einmal zu leuchten. Silbern und weiß, wie ein winzig kleiner Mond. Alissa stieß einen überraschten Laut aus. »Deshalb nennt man dich Mondkäuzchen«, meinte sie und streichelte dem leuchtenden Federbällchen über den Kopf. Die kleine Eule schuhute zufrieden.

»So«, meinte Alissa, entschlossen, die Furcht, die ihr Herz schneller schlagen ließ, zu ignorieren, »nun haben wir also Licht. Und nun? Wohin? Der Uhrmacher sagte, ich dürfte meinen Zauber nicht verlieren, und die Feuerschlange, dass ich den Nachthasen finden müsste. Oder seine Uhr.« Sie seufzte. »Wenn ich das mal früher gewusst hätte. Schließlich habe ich den Nachthasen doch schon getroffen. Am Beginn der Treppe … wo mag er nur sein?« Nachdenklich sah sie sich um.

Mit einem Mal blieb ihr vor Erstaunen der Mund offen stehen. Aus den Schatten schälten sich Schemen, wie das Mondkäuzchen silbrig schimmernd, als hätten sie alle nur auf ein winziges Fünkchen Licht gewartet.

Da waren Blumen, die wie aus Eis und Schnee geformt wirkten. Doch als Alissa nähertrat, um sie vorsichtig zu berühren, stellte sie fest, dass ihre Blätter weich und warm wie Wolldecken waren.

Auf goldglänzenden Ästen von Büschen saßen wunderliche Vögel und Eichhörnchen, deren Fell am Kopf weiß glänzte und nach unten hin dunkel und immer dunkler wurde, bis es buschigen Schwanz schließlich pechschwarz war. Hier und da saßen andere Mondkäuzchen, die ihr leises »Schuhu« wie zur Begrüßung erklingen ließen. Und zwischen ihnen flackerten immer wieder Lichter auf, mal hier, mal da und dann wieder ganz woanders, und ihr sanftes Glimmen ließ die Schatten und Schemen verschwimmen.

Plötzlich tauchte vor Alissas Gesicht ein großer Schmetterling auf, ebenso mondlichtsilbern glänzend wie das Käuzchen. Auf seinen Flügeln schien der Nachthase zu hocken. Alissa stieß einen überraschten Laut aus und blinzelte. Doch kaum hatte sie die Augen wieder geöffnet, war das Bild des

Hasen fort, weggewischt mit dem nächsten Flügelschlag, nur um mit dem darauffolgenden wiederzukommen.

»Der Schmetterling weiß, wo der Nachthase ist«, flüsterte Alissa, nicht sicher, ob sie mit sich selbst oder dem Mondkäuzchen sprach. »Ich werde ihm folgen.«

Die kleine Eule auf ihrer Schulter schuhuhte eine leise Warnung, aber Alissa verstand nur das übliche »Schuhu« und folgte dem Schmetterling, ohne auch nur einen Moment zu zögern. Das Folgen funktionierte erst beschwerlich, da sie immer wieder Gestrüpp und hochgewachsenen Ranken ausweichen musste, doch dann stand sie mit einem Mal auf einem Weg, über und über mit roten Platten belegt.

Der Schmetterling flatterte an einer Stelle über dem Weg und wartete darauf, dass sie ihn betrat. Alissa schaute erst nach links und dann nach rechts, dorthin, wo der Schmetterling unruhig auf der Stelle verharrte.

Das Mondkäuzchen zupfte an ihrer Jacke. Scheinbar wollte es, dass sie nach links ging.

»Aber der Schmetterling ist nach rechts geflogen«, widersprach Alissa.

Das Käuzchen schuhute etwas, das vom Klang her ein »Nein« sein konnte, aber Alissa schüttelte den Kopf und sprang auf den Weg, um dem Schmetterling zu folgen.

Das Mondkäuzchen quittierte ihre Entscheidung mit einem traurigen »Schuh«.

KAPITEL VI

Das traurige Lavendelfeld.

Lange Zeit geschah gar nichts, und Alissa begann sich zu fragen, ob das warnende Schuhu der kleinen Eule nicht einfach nur der Hinweis darauf gewesen war, dass sie schlicht und ergreifend in die falsche Richtung ging. Aber dann veränderte sich ihre Umgebung. Der Wald wurde lichter, und mehr und mehr Nachthimmel erstreckte sich über ihr und dem Mondkäuzchen, das immer noch sanft leuchtete.

Schließlich verschwanden die Büsche und Bäume um sie herum ganz und machten Platz für ein weites Lavendelfeld, das sich links und rechts des Weges erstreckte, so weit das Auge reichte. Für einen Moment verschlug es Alissa bei dem Anblick den Atem. Während sie dem Schmetterling folgte, bemerkte sie, dass etwas mit dem Feld nicht stimmte. Trotz der Dunkelheit konnte sie erkennen, dass die Lavendelblüten keineswegs lila strahlten und auch ihr beruhigender Duft fehlte.

Überhaupt wirkte das ganze Feld traurig … wenn man Lavendel als traurig bezeichnen kann.

Es schien, als würde etwas fehlen.

Wie hatten der Nachthase und die Feuerschlange gesagt?

Es hummelt nicht mehr im Lavendel. Sie wiederholte die seltsamen Worte, deren Bedeutung sie nicht verstand.

Das Mondkäuzchen setzte sich leise auf ihre Schulter und zwickte sie ins Ohrläppchen, als wollte sie abermals versuchen, sie zur Umkehr zu bewegen.

»Wenn es etwas mit dem Lavendel zu tun hat, dann kann es doch nicht falsch sein, dass ich hier bin, oder?«, fragte Alissa.

Die kleine Eule schwieg und der silberne Schmetterling flatterte vor ihnen her, immer weiter geradeaus. Alissa achtete nicht weiter auf ihn, sie suchte mit ihren Blicken das

Lavendelfeld ab. Je länger sie unterwegs war, desto trauriger stimmte sie das Feld.

Einzelne Blüten waren angeknickt oder vertrocknet, andere erschienen grau und faulig.

Da waren weder Schmetterlinge noch Bienen noch andere Insekten, die sich sonst in Lavendelbüschen tummelten.

Es gab nur den silbernen Schmetterling vor ihnen, und der schenkte den Feldern keine Beachtung, sondern flatterte stetig den Weg entlang.

So lief Alissa eine Zeit lang, und nach einer Weile achtete sie überhaupt nicht mehr auf ihre Umgebung. Das Lavendelfeld machte sie traurig und der Schmetterling folgte ohnehin nur dem Weg.

Sie dachte über das nach, was bis zu diesem Moment passiert war. Über die Treppe. Den Uhrmacher. Den Nachthasen. Die Feuerschlange. Das Mondkäuzchen und über den seltsamen Wald. Vor allem aber dachte sie darüber nach, wann alles begonnen hatte. Wann war die Treppe zum ersten Mal dagewesen?

Sicher. Als sie etwa sieben Jahre alt gewesen war.

Da hatte sie die Treppe zum ersten Mal gemalt.

Aber was war davor gewesen? Was?

Sie fand die Antwort nicht, und sie kam auch nicht dazu, weiter darüber nachzudenken, denn plötzlich griff etwas nach ihren Händen, und schon im nächsten Moment konnte sie sich nicht mehr bewegen. Das Mondkäuzchen ließ ihre Schulter los, schuhuhte in heller Panik irgendwo über ihr, dann griffen seine Krallen nach ihr, und sie bemerkte, wie die kleine Eule erneut versuchte, an ihr zu reißen, aber dann ließ das Käuzchen los und machte ein trauriges Schuhuu. Dann war es plötzlich fort, und um Alissa herum war alles dunkel und finster und klebrig.

KAPITEL VII

Im Netz. Die Hummeln und die Träume.

Sie schrie und trat um sich, doch je mehr sie sich bewegte, desto fester schien das, was sie hielt, an ihr zu kleben. Bald schon waren ihr Mund und ihre Augen ebenso verklebt wie ihre Arme und Beine. Ihre Schreie klangen nur noch gedämpft in ihren eigenen Ohren. Nur den Schmetterling sah sie noch, silberschimmernd glomm sein Licht durch die klebrige Dunkelheit.

Irgendwo schuhuhte ein Mondkäuzchen, aber es klang schrecklich weit entfernt. Alissa strampelte heftiger. Die klebrige Masse legte sich nur noch dichter um sie, aber wenigstens schaffte sie es, ihre Augen zu öffnen.

In der nächsten Sekunde – von sofort auf gleich – stand die Welt still. Alles verstummte, jede Bewegung fror ein. Mit aller Kraft versuchte Alissa, sich zu rühren, aber sie konnte nicht einmal einen kleinen Finger abspreizen.

Dann vergaß sie, warum sie überhaupt hatte fliehen wollen. Mit einem Mal waren überall Bilder, lebendige Bilder, die ihre Form veränderten, als wären sie Filme, gezeigt auf milchigweißem Grund. Da war ihre Familie, ihre Großmutter mit all ihren Büchern und ihre Eltern, die sich nie für Bücher interessierten. Sie sah Momente aus ihrem Leben, längst vergangen, manche längst vergessen, einige immer noch schmerzhaft und schön, doch auch Szenen, die ihr gänzlich unbekannt und trotzdem vertraut vorkamen.

Sie sah eine Frau an dem herzförmigen Tor, die sich mit den Rosen stritt.

Da waren ein weißes Kaninchen mit einer Uhr und eine Katze, die sich in Luft auflösen konnte, bis nichts als ein breites Grinsen von ihr übrigblieb.

Und da war ein Wort, das durch ihren Kopf geisterte, ein Wort, das dies alles umfasste:

Wunderland

Dieses eine Wort nur, dass doch nicht mehr als eine Geschichte war.

Oder?

Konnte es möglich sein …?

»Du bist nicht in Wunderland, meine Liebe«, sagte da eine lispelnde Stimme, und die Bilder vor Alissas Augen veränderten sich. Wo zuvor noch bunte Fröhlichkeit gewesen war, trat eine sternenlose, schemenvolle Dunkelheit. Sie glich der Finsternis in dem Wald so sehr, dass Alissa glaubte, es wäre der Himmel über dieser Welt … Wieder wechselte das Bild, es schien, als würde es dem Himmel ein Stück näherkommen, und mit einem dumpfen Laut der Überraschung begriff Alissa, dass der Himmel gar kein Himmel war. Der Himmel war einfach nur ein Oben, eine Decke, wie in einer riesigen Höhle. Von der schwarzen Decke hingen unzählige Schatten, vielleicht Wurzeln, vielleicht Säulen, Zapfen oder schlicht Gesteinsbögen, genau konnte sie es nicht sagen. Und dazwischen tummelten sich kleine, winzige Lichter, die mal nach hier und mal nach da schwebten und mal allein und mal als Schwarm zusammen flogen.

»Glühwürmchen«, dachte Alissa.

»Glühwürmchen sind die Sterne von Drunterland«, wisperte die lispelnde Stimme, als hätte sie den Gedanken gehört. Alissas Augen huschten hin und her, verzweifelt auf der Suche nach dem Ursprung der Stimme oder nach einer Fluchtmöglichkeit, aber da gab es nur die Bilder und keine Möglichkeit, sich irgendwie zu bewegen.

Sie versuchte herauszufinden, was sie festhielt. Zu ihrem Erstaunen stellte sie fest, dass es die Bilder waren. Die Bilder wickelten sich um ihre Arme und Beine, knickten um und ließen nicht alles von sich erkennen.

»Irgendwie«, dachte Alissa, »muss es hier doch rausgehen.«

Sie wartete, ob die Stimme vielleicht auch diesen Gedanken kommentieren würde, doch es herrschte Schweigen.

Noch einmal versuchte sie in ihrer Verzweiflung, sich durch ziehen, zerren und reißen zu befreien, doch als es ihr abermals nicht gelang, tat sie das Einzige, was ihr übrigblieb. Sie betrachtete die Bilder. Eins nach dem anderen. Vielleicht lag in ihnen ein Ausweg.

Die Bilder änderten sich. Glückliche wurden zu traurigen, farbenfrohe zu schattenreichen, helle zu dunklen und umgekehrt. Manchmal meinte Alissa, auf einem der Bilder den roten Weg zu sehen, dem sie gefolgt war, doch immer, wenn sie versuchte, sich auf den Weg zu konzentrieren, verwandelte sich das Bild in ein anderes und Alissa hörte die seltsame Stimme klackernd lachen.

»Was soll das?«, versuchte sie zu rufen, und »wer ist da?« Doch auch ihr Mund war verklebt und die Worte wurden von der klebrigen Masse verschluckt wie Wasser von einem Schwamm.

Das klackernde Lachen erklang erneut, bis es sich in ein Summen und Surren verwandelte, das sich tief und brummend anhörte. Die Bilder verblassten und zurück blieb nichts als ein weißer, klebriger Stoff, aus dicht an dicht gewebten und aneinadergelegten Fäden. Alissa stockte der Atem, als sie erkannte, was diese Fäden waren, und wäre er nicht so zugeklebt gewesen, wäre ihr der Kiefer nach unten gerutscht, weil sie verstand, wer da klackernd lachte und summend brummte. Alissa war in einem Netz gefangen, in einem riesigen, dicht gewebten Spinnennetz, und überall in den Fäden klebten Hummeln, die verzweifelt um ihr Leben brummten. Verzweiflung und Angst lagen in dem gebrummten Lied. Alissa meinte sogar, in den kleinen Facettenaugen Tränen zu sehen, auch wenn sie nie zuvor davon gehört hatte, dass Hummeln weinen konnten.

»Hummeln können nicht weinen«, sagte die Stimme wieder. »Hummeln können nur träumen. Sie haben schöne Träume.«

Ein leises Klackern folgte und Alissa ahnte, wer mit ihr sprach. Es konnte nur die Spinne sein, die dieses Netz gewebt hatte.

»Die bin ich, mein Mäuslein«, klackerte die Stimme amüsiert. »Sehr gut geraten. Die bin ich.« Alissa wünschte sich abermals, den Kopf bewegen zu können, aber so sehr sie es auch versuchte, die Spinnenfäden hielten sie fest.

»Wo ich bin, willst du wissen? Hier. Im Herz meines Netzes. Im Zentrum der Welt. Wo sonst?« Alissa schluckte. Sie fand es sehr befremdlich, dass die Spinne ihre Gedanken lesen konnte.

»Ich kann alle Gedanken lesen«, sagte die Spinne. Die Gedanken verbinden sich mit meinen Fäden und ich kann sie lesen, ebenso wie Träume und ungesagt gebliebene Worte.«

Wieder lachte die Spinnenstimme leise klackernd. Und Alissa meinte, in der Ferne, irgendwo unter dem nebelartigen Dickicht des Netzes das Leuchten von acht Augen auszumachen.

»Was wirst du mit mir tun?«, fragte Alissa in Gedanken.

»Nichts. Ich werde deine Träume, Gedanken und Erinnerungen betrachten, so wie ich es auch mit denen all der anderen Wesen mache, die meinem Lockschmetterling folgen. So lange, bis der letzte Traum geträumt, der letzte Gedanke gedacht und die allerletzte Erinnerung verblasst ist.«

»Und dann?«

»Nichts dann. Dann wirst du tot sein und ich werde mir andere Träume betrachten.« In ihrer Panik versuchte Alissa, sich freizustrampeln. Die Spinne lachte nur ihr klackerndes Lachen. »So geht es allen, die sich in mein Netz verirren.«

KAPITEL VIII

Ein kurzes Zwischenstück.

Die Frau, die wie die Nacht war, lag auf ihrem Lager. Sie wusste, dass sie krank war, und sie wusste auch, was ihr fehlte.

Der Nachthase saß an ihrem Lager, die Sterne auf seinem Fell leuchteten blass. Es waren die einzig wirklichen Sterne, die sie bis dahin gesehen hatte. Alle anderen waren nur Glühwürmchen und Irrlichter gewesen, die sich an den Höhlenhimmel verirrt hatten.

»Ist sie unterwegs?«, flüsterte sie mit schwacher Stimme. »Das Menschenmädchen?«

Der Nachthase nickte, während seine Nase wippte. »Das ist sie. Und sie hat eine Uhr dabei. Eine wunder-, wunderschöne Uhr. Sie tickt. Und ihre Zeiger wirken nicht traurig.«

Der Hase betrachtete die silberne Uhr in seiner Pfote. »Das ist gut. Hast du sie gesehen?«

»Ja. Auf der Treppe. Wo die Stufen beginnen, die nicht aus Stein sind.«

»Warum hast du sie nicht zum Uhrmacher geführt?« Die Frau versuchte, sich von ihrem Lager zu erheben, sank aber augenblicklich zurück.

»Weil ich den Weg nicht kenne«, antwortete der Nachthase.

»Es ist der rote …«, murmelte die dunkle Frau schwach. »Der rote. Er führt zum Uhrmacher. Und zu den Hummeln.« Sie schloss die Augen und der Nachthase mit den langen Löffeln senkte traurig den Kopf.

»Es hummelt nicht mehr im Lavendel«, sagte er leise und betrachtete die Uhr in seiner Pfote, die stillstand und schwieg.

KAPITEL IX

Stimmen. Freiheit. Ein Wiederschuhuhen.

Die Spinne lachte immer noch leise klackernd und Alissa spürte, wie Tränen aus ihren Augen fielen und wie ihre Träume von der klebrigen Spinnenseide aufgefangen wurden.

»Ja, ja«, klackerte die Stimme begierig. Traurigkeit fange ich auch, ebenso wie die Hoffnung, die als letzte stirbt …«

Ein Schrei durchbrach ihre Unterhaltung und die Spinne stieß ein lautes, unwilliges Klackern aus. Bald war das Leuchten in ihren Augen verschwunden.

Ein zweiter Schrei ertönte, gefolgt von einem anderen Geräusch, das wie ein langgezogenes »Schuhuuuuuuuu!« klang.

»Das Mondkäuzchen«, schoss es Alissa durch den Kopf. »Es ist wiedergekommen. Es hat Hilfe geholt.«

Ein weiterer Schrei ertönte, und dann hörte Alissa, wie die Spinne klackernd kreischte: »Nicht mein Netz, nicht mein Netz!«

»Oh doch«, sagte eine keuchende, männliche Stimme. »Wenn ich gewusst hätte, dass du dich bei den Lavendelfeldern niedergelassen hast, wäre ich dir schon lange auf die Schliche gekommen.«

»Nein!«, jammerte die Spinne. »Nicht die Raupen.«

»Oh doch«, sagte die männliche Stimme abermals.

»Sie werden mein Netz fressen!« Ganz weinerlich klickerte die Spinne vor sich hin.

»Das werden sie. Hopp, meinen kleinen Nimmersatten, hopp, hopp. Heute gibt es süße Spinnenfäden.«

Alissa hörte die Spinne kreischen und klackern und spürte, wie das Netz vibrierte. Ein Mahlen mischte sich unter die Schreie der Spinne.

»Was mag das denn jetzt schon wieder sein?«, fragte sich Alissa ängstlich und wünschte fast, sie könnte einfach in dem Netz bleiben. Was, wenn das, was auf sie zukam, noch schlimmer wäre? Doch … hatte die Spinne nicht etwas von Raupen erzählt? Wie schlimm konnten Raupen schon sein?

Sie entspannte sich ein wenig und wartete.

Aber bald schon kam der Wunsch in ihr auf, sich wenigstens die Ohren zuhalten zu können, so laut kreischte die Spinne.

»Das wirst du mir büßen!«

»Nein«, meinte die männliche Stimme nur und fügte hinzu: »Fresst schneller, meine kleinen. Schneller. Es hummelt nicht mehr im Lavendel!«

»Schon wieder diese Worte«, dachte Alissa in ihrem Gefängnis aus Spinnenseide. »Und noch immer verstehe ich sie nicht.«

Doch wie schon so oft blieb ihr auch in diesem Moment keine Zeit mehr, sich weiter Gedanken darüber zu machen, denn plötzlich war das seltsame Mahlen ganz nah, so nah, dass sie meinte, ein Kauen und Schmatzen zu hören.

Die Spinne schrie und zeterte immer noch, dann aber stieß sie ein klickerndes Keifen aus: »Wir werden uns wiedersehen, du und deine Raupen.«

Mit diesen Worten verstummte das Klackern und allein das Mahlen, Kauen und Schmatzen blieb.

»Sie werden mich auffressen«, dachte Alissa panisch. »Diese seltsamen Raupen werden mich auffressen, einfach so!« Sie strampelte, doch die Spinnweben blieben hartnäckig.

»Hoho«, machte die dunkle Stimme draußen. »Haltet ein, meine Nimmersatten, haltet ein. Wir brauchen das Mädchen noch.«

Alissa stutzte. Woher wusste der jemand, dass sie ein Mädchen war?

Etwas machte sich an ihrem Spinnenseidenkokon zu schaffen.

»Ich weiß, meine Lieben«, ächzte die männliche Stimme. »Es ist ein schöner Kokon. Aber nur Raupen weben sich am Ende ihres Lebens einen Kokon, Menschen nicht. Und schon gar nicht dieses Mädchen.«

Der Kokon riss. Luft und Licht drangen zu Alissa herein, und kaum konnte sie nach Luft schnappen, flog eine kleine, silbern leuchtende Kugel vor ihre Nase und schuhuhte laut und glücklich. Vor Begeisterung zwickte das Mondkäuzchen ihr sogar in die Nase.

»Nun aber aus dem Weg, du kleines Federbällchen«, schnaufte die männliche Stimme. »Lass sie uns doch erstmal befreien.«

Das Mondkäuzchen schuhuhte zustimmend und begann emsig, mit seinem kleinen Schnabel Spinnweben von ihr zu zupfen. Die männliche Stimme lachte. Und da das Mondkäuzchen nicht mehr direkt vor ihren Augen schwebte, sah Alissa ihren Retter zum ersten Mal.

KAPITEL X

Der Raupendompteur. Der Rest des Weges.

Vor ihr stand ein kleiner dicker Mann in einem quietschgrünen Anzug, der ihm hier und da gleich um ein paar Größen zu eng an dem doch eher korpulenten Körper saß, so dass er ihn in etwa so formte, als wäre er eine Raupe. Auf einer runden Nase in einem ebenso runden Gesicht saß eine Brille mit kreisrunden Gläsern, hinter denen fröhliche, grünleuchtende Augen hervorschauten.

Im obersten Winkel seines Lächelns steckte eine Meerschaumpfeife, aus der es dampfte. Wohl das Außergewöhnlichste an seinem Aussehen war aber, dass überall an ihm Raupen hingen, kleine und große, dicke und dünne, grüne, braune und weiße Raupen. Manche hatten Haare, die wie Borsten in die Höhe ragten, andere kleideten Punkte und die nächsten Streifen.

»Hallo liebes Kind«, sagte der Mann fröhlich. »Gleich haben wir dich hier raus.« Er zerrte mit einem Ruck an der Spinnenseide.

»Ha-hallo«, antwortete Alissa ein wenig überrascht.

»Es war nicht klug von dir, dem Schmetterling zu folgen, weißt du?«, flötete der grüngekleidete Fremde vor sich hin. »Schmetterlingen sollte man niemals folgen. Sie kennen keine Wege, sie sind viel zu flatterhaft, fliegen mal hierhin, mal dorthin, und kommt nur ein leiser Windhauch, sind sie schon wieder auf einem anderen Weg.«

Er lächelte ihr zu und zog weiterhin an dem Spinnennetz, während die kleine silberne Eule ihr die Spinnenseide vom Mund knabberte.

»Raupen«, fuhr der Mann fort, »Raupen sind da etwas ganz anderes. Sie wissen von der Langsamkeit. Sie kennen die Ewigkeit.«

»Aber«, sagte Alissa ein wenig keuchend, da sie gerade erst den Mund wieder hatte öffnen können, um tief durchzuatmen, »aus Raupen werden doch Schmetterlinge?«

Der Herr in Grün sah sie bekümmert an. »Aber nein! Wo denkst du hin? Wo hast du denn den Blödsinn her? Aus Raupen werden doch keine Schmetterlinge! Wenn es für eine Raupe Zeit ist zu gehen und ihren letzten Traum zu träumen, webt sie sich einen Kokon und legt sich dort zur Ruhe bis sie in ihren Traum schlüpfen kann und dort für immer bleibt. Eine Raupe, die zum Schmetterling wird. Ha!«

Der Mann lachte und befreite Alissa endgültig aus der Spinnenseide.

»Aber nun will ich mich vorstellen. Ich bin der Raupendompteur.«

»Der Raupendompteur?« Alissas Zweifel ließen den grün gekleideten Mann ganz unglücklich erscheinen. »Der Raupendompteur«, wiederholte er, dieses Mal etwas ungehaltener. Alissa beeilte sich, eine Entschuldigung zu stammeln und erklärte: »Da, wo ich herkomme, gibt es keine Raupendompteure. Oder Mondkäuzchen. Oder Hasen, die Uhren durch die Gegend tragen.«

Das runde Gesicht des Mannes verlor sein Lächeln. »Die Uhr!«, rief er aus. »Oh je, es wird Zeit. Du musst zum Uhrmacher!«

»Zum Uhrmacher?«, fragte Alissa irritiert und kletterte aus den Überresten des Spinnennetzes, über den sich nun die Raupen des Dompteurs hermachten.

»Sicher!«

»Aber da komme ich doch her!«, rief Alissa verwundert aus.

»Wie, da kommst du her?«, fragte der Raupendompteur irritiert.

Das Mondkäuzchen hatte sich wieder auf ihrer Schulter niedergelassen und teilte die Verwunderung mit einem leisen »Schuhu?«

Alissa erzählte dem Raupendompteur, was sie erlebt hatte.

Als sie geendet hatte, lachte er. »Oh, du warst bei Herrn von Tick! Er hat dir die Tür durch die Zeit aufgeschlossen!«

Sie nickte langsam, war sich aber nicht sicher, ob sie wusste, was er meinte, und das Lächeln im Gesicht des Raupendompteurs wurde noch etwas breiter. »Siehst du! Wir gehen jedoch nicht zu Herrn von Tick! Wir müssen zu Herrn von Tack!«

Verwirrt runzelte Alissa die Stirn.

»Ach, weißt du«, meinte der Raupendompteur fröhlich, »das wirst du dann ja sehen. Komm!«

Einen Moment lang wusste Alissa nicht, ob sie mitgehen oder einfach stehen bleiben sollte.

Der Raupendompteur unterdessen war schon ein Stück des roten Weges gegangen, der sich hinter den Überresten des Spinnennetzes fortsetzte.

Als er bemerkte, dass sie ihm nicht folgte, blieb er stehen und drehte sich um.

»Kommst du nicht?«, fragte er.

»Ich … ich weiß nicht«, flüsterte Alissa. Sie sprach gerade so laut, dass er sie hören konnte.

»Was weißt du nicht?«, fragte der Raupendompteur.

»Gar nichts. Ich weiß nicht, wo ich bin und was ich hier soll. Alle sprechen immer von der Uhr und dem Nachthasen, und dass es nicht mehr im Lavendel hummelt, und das verstehe ich noch weniger als den Rest.«

»Oh«, sagte der Raupendompteur erst und schwieg dann eine ganze Weile.

Dann seufzte er lange und tief und meinte: »Na gut. ich erkläre dir alles. Aber das tue ich, während wir gehen.« Er warf einen Blick in den Himmel. »Wir haben nicht mehr viel Zeit. Die Königin schwebt in Gefahr. Es hummelt schon viel zu lange nicht mehr im Lavendel.« Alissa klappte der Mund auf, um nochmals empört darauf hinzuweisen, dass sie nicht wusste, was das zu bedeuten hatte.

Aber der Raupendompteur hob beschwichtigend die Hände. »Gleich. Ich erkläre es dir. Alles. Aber ich will nicht mit den Hummeln und dem Lavendel anfangen, denn du musst zuerst von Drunterland, der Königin und der Uhr hören, die der Nachthase bewacht. Nur komm jetzt, bitte.«

Seine Stimme hatte einen fast flehenden Unterton angenommen und so stieg Alissa einen Moment später ebenfalls über die Überreste des Spinnennetzes, und sie gingen gemeinsam den roten Weg entlang.

»Also?«, begann Alissa, als der Raupendompteur keine Anstalten machte zu sprechen.

»Was?«, fuhr der Angesprochene aus den Gedanken. »Oh ja. Richtig. Deine Fragen. Also: Du bist hier in Drunterland.«

»Drunterland?«, hakte Alissa nach.

Der Raupendompteur nickte. »Jepp, Drunterland. Das Land unter Drüberland. Du weißt sicher, dass es, wo es ein drüber gibt, auch ein drunter geben muss.

»Äh … ja«, begann Alissa, doch der Raupendompteur überging ihre Antwort und fuhr fort: »Viele nennen das Land über uns auch Wunderland oder Anderwelt, und wieder andernorts gibt es noch weitere Namen. Wir nennen es Drüberland, weil wir darunterliegen, verstehst du?«

Jetzt nickte Alissa sicherer, denn sie erinnerte sich an den seltsamen Höhlenhimmel, den sie im Netz der Spinne gesehen hatte.

»Nun ist es so, dass es in Drunterland eine Königin gibt. Auch in Drüberland gibt es eine, doch sie ist anders und das soll dich jetzt auch gar nicht kümmern. Für dich ist nur wichtig zu wissen: Alle Träume und Wunder, die in Drüberland Wirklichkeit werden, werden hier geboren. Auf den Lavendelfeldern, die uns umgeben, und die Hummeln tragen diese ungeträumten Träume hinauf ins Drüberland, wo sie zur Wahrheit werden, und von dort wandern sie manchmal in die Wirklichwirklichwelt.

Dies aber geschieht nur, wenn es der Königin gut geht, wenn ihr Herz schlägt, denn ihr Herz ist die Zeit dieses Landes. Und wenn die Zeit stehenbleibt, dann vergeht alles. Niemand kann dann mehr Träumen. Kein Wesen in Drunter– oder Drüberland, nicht einmal ihr Menschen in der Wirklichwirklichwelt.«

Er schwieg, um Alissa Zeit zum Verstehen zu geben, doch als sie nach einer ganzen Weile immer noch nichts gesagt hatte, erklärte er: »Am leichtesten ist es mit den Hummeln zu verstehen.«

»Mit den Hummeln?«

»Ja. Hast du je davon gehört, dass Hummeln eigentlich gar nicht fliegen können dürften, wenn es nach ihren Flügeln und ihrer Körpergröße gehen soll?« Alissa nickte.

»Hast du auch eine Ahnung, warum sie es trotzdem tun?«

»Vielleicht, weil ihnen niemand gesagt hat, dass sie nicht fliegen können?«, vermutete Alissa, was den Raupendompteur auflachen ließ.

»Eine schöne Idee«, meinte er, »eine sehr schöne Idee. Aber so ist es nicht. Die Hummeln werden von der Zeit getragen. Die Zeit lässt sie fliegen, wohin sie wollen und sollen. Bleibt die Zeit stehen, vergeht alles. Die Hummeln können nicht mehr fliegen und die Träume, die dem Lavendel seine lila Farbe geben, vergehen ungeerntet. Verstehst du?«

»Deswegen heißt es, dass es nicht mehr im Lavendel hummelt«, schlussfolgerte Alissa, und nachdem der Raupendompteur begeistert genickt hatte, fügte sie hinzu: »Das heißt, hier ist die Zeit stehen geblieben?«

»Genau. Deswegen liegt auch die Königin im Sterben. Weil die Uhr des Nachthasen kaputt ist. Sie ist die Zeit, musst du wissen. Und zugleich …« Der Raupendompteur schüttelte den Kopf. »Nein, das musst du nicht wissen. Es reicht, wenn du weißt, dass die Uhr des Nachthasen repariert werden muss, damit wieder alles gut wird.«

»Warum geht der Nachthase dann nicht einfach zum Uhrmacher?«, fragte Alissa arglos.

Das Mondkäuzchen auf ihrer Schulter stieß ein empörtes »Schuhuuu!« aus und der Raupendompteur blieb abrupt stehen. »Das geht nicht!«, sagte er. »Niemand von uns würde ihn finden. Er ist der Uhrmacher«, fügte er ehrfürchtig hinzu. »Nur du kannst ihn aufsuchen. Du hast eine Uhr. Ohne eine Uhr kommt man nicht zum Uhrmacher.«

Verwundert betrachtete Alissa die kleine Uhr, die sie hier hergebracht hatte, dann steckte sie sie weg und fragte: »Wo lebt der Uhrmacher?«

»Das weiß niemand so genau, es war ja noch keiner bei ihm. Irgendwo am roten Weg.« Alissa blieb stehen. »Niemand weiß, wo er wohnt?«, explodierte sie. »Woher weißt du dann, wo wir hinmüssen?«

»Ich weiß es nicht. Aber hier im Drunterland weiß niemand so genau, wo etwas ist, weil sich ja so manches auch ändert, und so geht man einfach, bis man es findet. Wenn man es eilig hat, geht man schneller, und wenn nicht, dann nicht.«

»Aber das macht doch gar keinen Sinn«, murmelte Alissa.

»Tut es nicht? Vielleicht ja doch. Manche Ziele findet man erst, wenn man einen Weg geht und manche Wege nur, wenn man das Ziel vor Augen hat. Und manchmal muss man zuerst wissen, wohin man will, bevor der Weg sich offenbart.«

Er verfiel in Schweigen, folgte dem roten Weg und Alissa ging wortlos neben ihm her. Sie wusste inzwischen, wo sie war und worum es ging, aber nicht, warum ausgerechnet sie. Sie stellte die Frage ganz leise.

Das Mondkäuzchen schuhuhte eine Antwort, aber natürlich konnte Alissa nichts damit anfangen.

Es war der Raupendompteur, der ihr die Worte der kleinen Eule übersetzte: »Weil du die Treppe gesehen hast. Über die Geschichte hinaus, die dir vielleicht einmal jemand erzählt hat. Du bist zwischen den erzählten Worten weitergegangen. Du hast begriffen, dass alles wirklich ist, was man glauben will.«

Erneut schwieg er und für eine Weile hörte man nichts anderes als das leise Rascheln der Raupen, die ihm folgten.

KAPITEL XI

Die Raupenwelle. Das Standuhrhaus.

»Was machst du eigentlich mit den Raupen?«, fragte Alissa irgendwann, als die Stille sich um ihre Brust zu legen begann und ihr den Atem raubte.

Es dauerte einen Moment, bis er reagierte. »Was? Ach so. Nun ja, ich dressiere sie. Ich bringe ihnen bei, was sie tun müssen, um zu überleben, und was sie fressen müssen, damit das Gleichgewicht zwischen guten und schlechten Dingen bestehen bleibt, die nach Wunderland getragen werden. Es ist wichtig, dass es genug von beidem gibt, weißt du? Sie dürfen nicht zu viel von einem fressen.«

»Ja, ich glaube, das verstehe ich«, meinte Alissa.

Schweigend gingen sie eine Weile weiter, bis der Raupendompteur mit Blick auf das Mondkäuzchen, dessen Licht langsam schwächer wurde, fragte: »Könntest du die Uhr herausholen und schauen, wie weit es noch ist?«

»Wie weit es noch ist?«, bohrte Alissa nach. »Du meinst doch sicher, wie spät.«

»Nein, ich meine, wie weit«, erklärte er. »Uhren hierzulande zeigen niemals nur die Zeit, sondern auch die Spanne eines Weges. Daher weiß man, wann man da sein wird, auch wenn man noch gar nicht weiß, wo das ist.«

Alissa schüttelte den Kopf über diese neue Merkwürdigkeit, zog die Uhr hervor und hielt sie dem Raupendompteur vor die Nase. »Zwei vor zwölf«, rief der verzückt aus. »Das ist gut. Dann sind wir bald da.«

»Und das weißt du, weil …?«, begann Alissa.

»… es zwei vor zwölf ist. Und um zwölf ist man immer da!«, krähte der Raupendompteur und hüpfte so beschwingt weiter, dass Alissa von der Welle aus Raupen, die sich ebenso schwungvoll bewegte wie ihr Dompteur, von den Füßen gerissen und mitgeschleppt wurde, unter sich die Woge aus winzigen Leibern. Sie wurde gedreht und überschlug sich, ertrank für einen Moment fast in wimmelnden Leibern, nur um dann wieder an die Oberfläche geschwemmt zu werden. Dem Raupendompteur ging es nicht besser, da seine Beine und Arme aus dem Gewimmel in die Luft ragen. Das Mondkäuzchen schuhuhte aufgeregt, hatte sich von Alissas Schulter abgestoßen, flatterte aber dicht über ihr, bis die Raupenwelle ihren Schwung verlor und langsam ausrollte.

Mit deutlichem Schwindelgefühl richtete sich Alissa auf. Die Raupen saßen um sie herum und fraßen von dem Gras der Wiese, auf der sie gelandet waren. Neben Alissa fasst sich der Raupendompteur an den Kopf.

»Ui, ui, ui, mit Raupen reisen ist nicht immer die beste Art«, stöhnte er, betrachtete dann die schmatzende Raupenmenge um ihn herum und brüllte einen zornigen Befehl, woraufhin sich die Raupen von einem Moment zum anderen auf den roten Weg zurückzogen.

»Einfach in fremden Gärten naschen«, rief der Dompteur ihnen hinterher. »Habe ich euch denn gar keine Manieren beigebracht?«

Die wuselnden Raupen schienen ein betroffenes Gesicht zu machen, was Alissa so komisch fand, dass sie lachen musste.

»Was ist denn so lustig …«, wollte der Raupendompteur wissen und drehte sich nach ihr um, doch dann verschlug es ihm der Sprache und er starrte mit weit vor Staunen geöffneten Mund über Alissa hinweg auf etwas, das hinter ihr lag.

Auch Alissa drehte sich um und blickte auf ein Haus, das mehr einer riesigen Standuhr glich. Es war hoch und schmal und hatte in der Mitte eine langgezogene, gläserne Eingangstür, neben der sich auf jeder Seite ein kleines, rundes Fenster befand. Das linke war etwas größer als das rechte … nein, umgekehrt, jetzt war plötzlich das rechte größer als das linke … und dann war es wieder genau andersherum. Es dauerte einen Augenblick, bis Alissa und der Raupendompteur begriffen, dass die beiden Fenster wie die Pendel einer Uhr hin- und herschwangen und nie länger als einige Sekunden am gleichen Ort auf der gleichen Seite der Tür verweilten.

Über der Eingangstür gab es ein weiteres, riesiges kreisrundes Fenster, in das ein bleierner Rahmen eingelassen war, von dem zwölf Striche zu einem weiteren, engeren Rahmen abgingen, als wären es die Striche einer Uhr. Und tatsächlich ragten aus der Mitte der Scheibe zwei Zeiger heraus, die ihre tickende Reise durch die Zeit machten.

»Das Haus des traurigen Uhrmachers«, flüsterte der Raupendompteur ehrfürchtig, nachdem er seine Stimme wiedergefunden hatte. Alissa konnte nichts weiter tun, als das seltsame Gebäude anzustarren, doch schon in der nächsten Sekunde hatte der Raupendompteur sie unsanft auf die Beine gezogen. »Na los! Worauf wartest du denn noch? Auf eine Einladung aus Karamellpapier? Du musst zum Uhrmacher!«

Zu verdutzt, um etwas zu erwidern, ließ sich Alissa auf die gläserne Uhrentür zuschieben.

Auf einmal hörte sie Stimmen von drinnen. »Sie wird es nicht schaffen«, jammerte eine dunkle, leicht weinerliche Stimme.

»Warte doch erst einmal ab«, sagte eine andere, fistelnde Stimme. »Wir haben es erst zwölf.«

»Aber um zwölf ist man immer am Ziel!«, warf eine dunkle Stimme verzweifelt ein.

»Vielleicht kommt sie ja noch«, versuchte die hellere zu beruhigen.

»Vielleicht reicht es aber nicht«, schluchzte die erste Person wieder. »Sieh dich doch an. Du hast bald keinen Stern mehr an deinem Nachthimmelfell, der noch nicht erloschen ist.«

»Äh …«, flüsterte der Raupendompteur. »Du solltest dich vielleicht bemerkbar machen.«

Er deutete auf den goldenen Klingelknopf an der braungetäfelten Wand zu ihrer Rechten.

Als Antwort auf ihren unsicheren Blick, nickte er bestätigend und deutete noch einmal auf die Klingel.

Alissa zögerte …

Doch dann drückte sie auf den Knopf.

Ein ohrenbetäubend lauter Glockenschlag hallte ihr durch Mark und Bein.

Die Stimmen im Inneren verstummten für einen Moment, um dann wieder erneut zu sprechen.

»Kann sie's wohl sein?«

»Ob sie's wohl ist?«

Schlurfende Schritte näherten sich der Tür und bald sah Alissa durch die Scheibe Herrn von Tick auf sich zukommen, zumindest war das ihr erster Gedanke, doch sogleich widerrief sie den Gedanken, denn es war nicht Herr von Tick, der ihr die Tür öffnete.

KAPITEL XII

Der traurige Uhrmacher. Die Uhr des Nachthasen.

Zwar sah der Mann Herrn von Tick sehr ähnlich, aber im Gegensatz zu dem Uhrmacher, bei dem irgendwo alles braun gewesen war, war dieser Mann grau in grau in grau. Graues Haar fiel fransig über graue Augen und ein grauer Pullover über eine ebenso graue Hose. Doch wie Herr von Tick trug auch er eine Uhr an einer Kette.

Er machte ein trauriges Gesicht. »Was kann ich für euch tun? Mein Laden ist geschlossen. Ich verkaufe heute keine Uhren mehr. Ich bin traurig.«

Jemand, den Alissa schnell als den Nachthasen erkannte, drängte sich an dem Uhrmacher vorbei. Seine Nase wackelte aufgeregt, als er Alissa erkannte. »Du bist tatsächlich hier?«, fragte er aufgeregt.

Alissa nickte perplex.

»Uhrmacher, sieh nur! Sie ist da! Das Mädchen ist da! Mit der Uhr und dem Buch. Das aus der Wirklichwirklichwelt! Sie hat den Weg tatsächlich gefunden. Ganz allein.«

»Äh«, machte der Raupendompteur, anscheinend etwas beleidigt darüber, dass man ihn übergangen hatte.

»Nicht ganz allein. Der Raupendompteur und das Mondkäuzchen haben mir geholfen«, begann sie.

Aber der Nachthase wackelte mit den Ohren.

»Ganz gleich. Niemand von uns hat dir den Weg hierher gewiesen. Hast du noch die Uhr und dein Buch?«

»Ja«, antwortete Alissa. Es hatte sie zuvor einige Mühe gekostet, das Buch nicht im Raupengewirbel zu verlieren, und mit der Uhr war es ihr kaum anders ergangen. Sie hielt dem Nachthasen beides hin und dessen Ohren schnellten vor Freude in die Höhe.

»Oh, sieh doch nur, Uhrmacher! Sieh doch nur!«

»Ja, es könnte das richtige Buch sein. Und auch die richtige Uhr«, sagte der Uhrmacher mit seiner hellen, fistelnden Stimme. Von der Begeisterung des Nachthasen ließ er sich in jedem Fall nicht anstecken.

»Es ist alles richtig«, sagte der Nachthase bestimmt. »Nun geh aus dem Weg, du alter Griesgram. Lass sie rein. Wir haben nicht mehr viel Zeit. Du weißt, um viertel nach zwölf ist immer alles zu Ende!«

»Das Ende ist doch ohnehin nicht mehr aufzuhalten«, lamentierte der Uhrmacher. »Die Zeit steht schon fast still. Das Herz der Königin ist nahezu stehengeblieben.«

»Aber nur fast, du alter Miesepeter«, rief der Nachthase. »Ich gebe nicht auf. Drunterland darf nicht sterben. Es muss wieder im Lavendel hummeln.«

Alissa und der Raupendompteur sahen verwundert von einem der beiden Streitenden zum anderen.

»Es heißt«, flüsterte der Raupendompteur ihr ins Ohr, »der Uhrmacher sei ein wenig … nun … er hätte nicht mehr alle Rädchen an der richtigen Stelle sitzen, wenn du verstehst, was ich meine. Es heißt, er hätte sein Lachen verloren.«

Der Nachthase spitzte die Ohren. »Das stimmt, er kann nicht mehr lachen. Aber er hat es nicht verloren. Es ist fortgegangen …« Abrupt brach der Nachthase inmitten seiner Erklärung ab. »Aber dafür haben wir jetzt keine Zeit, keine Zeit.«

Mit einem Trommeln der Hinterläufe scheuchte er den Uhrmacher zurück in das Haus und forderte Alissa mit einem Winken seiner Löffel auf, ihm zu folgen. Zum Raupendompteur gewandt sagte er: »Verzeiht, aber ich denke, Ihr solltet Euch um Eure Raupen kümmern. Sie scheinen das Gras in diesem Garten zu köstlich zu finden.«

Mit diesen Worten wandte sich der nachtfarbene Hase wieder ab. Alissa folgte ihm, doch als sie sich noch einmal umdrehte, konnte sie gerade noch sehen, wie der Raupendompteur eilig auf die Raupen zueilte und sich bemühte, sie von der grünen Wiese zu scheuchen.

Das Innere des Hauses war geräumiger, als es von außen aussah, und entgegen der Tatsache, dass die Tür aus Glas war, konnte man nicht durch sie hindurchsehen.

Wie im Uhrenladen, in dem Alissa die Uhr rückwärts gedreht hatte, war auch an diesem Ort alles voller tickender Uhren.

Sie betraten einen hell erleuchteten Raum, in dessen Mitte ein großer Werktisch stand, auf dem allerlei Zahnrädchen, Zeiger, Uhrenblätter, Gehäuse, Zangen und Schraubenzieher, Pinzetten und allerlei sonstiges Werkzeug lag.

Mittendrin lag jene silberne Uhr, die Alissa am oberen Ende der Treppe in den Pfoten des Nachthasen gesehen hatte, zumindest vermutete sie anhand von Form und Größe, dass sie es sein müsste, denn die Uhr war in einem viel schlimmeren Zustand als zuvor.

Das Ziffernblatt war so voller Risse, so dass die Zeiger kaum mehr zu sehen waren, und das Silber des Gehäuses nahm mehr und mehr eine dunkle, fast schon schwarze, angelaufene Farbe an.

Der Uhrmacher saß auf einem großen, dunklen Stuhl davor und betrachtete die Uhr. Als sie nähertraten, bemerkte Alissa, dass eine Flüssigkeit aus ihr auszutreten schien.

Der Nachthase schluchzte geräuschvoll beim Anblick der Uhr und Alissa sah eine Träne aus seinen dunkelblauen Augen fallen.

»Jetzt, da du hier bist, können wir sie retten«, flüsterte der Hase. »Jetzt, da du da bist, wird alles gut werden.«

KAPITEL XIII

Das Herz der Königin.

Hoffnungsvoll sah der Nachthase zu dem Uhrmacher, der tief in seinen Gedanken versunken zu sein schien, ehe er sich mit großen Augen zu Alissa drehte. »Kannst du Uhren reparieren?«

»Ich?«, fragte Alissa entsetzt.

Der Nachthase nickte, wodurch seine Ohren auf und ab wackelten. »Ja, du. Ich fürchte, der Uhrmacher ist zu traurig. Seit sein Bruder fort ist, ist er nicht mehr der Gleiche. Sein Bruder war sein Lachen. Und er ist die Traurigkeit seines Bruders.«

Alissa erinnerte sich an den fröhlich bunten Uhrmacher im Laden und verstand, warum sich beide so ähnlich waren und doch so anders. »Tick-Tack«, murmelte sie. Die beiden Uhrmacher waren wie das Ticken der Uhren. Nur das Tick klang allein nicht und nur das Tack auch nicht, und ebenso wenig konnte man nur fröhlich oder nur traurig sein. Und jetzt verstand sie auch, was ihr im Laden so merkwürdig vorgekommen war. Das Geräusch der Uhren hatte sich falsch angehört, ebenso, wie es sich auch jetzt falsch anhörte.

»Genau«, sagte der Nachthase. »Tick-Tack. Im Moment tackt es hier nur.«

»So wie es im Laden nur getickt hat«, flüsterte Alissa.

Der Nachthase nickte.

»Aber ich kann keine Uhren reparieren«, gestand Alissa.

»Nicht?« Völlig entsetzt knickten die Ohren des Nachthasen nach hinten. »Aber das ist ja ganz schrecklich fürchterbar!«

Alissa schüttelte hilflos den Kopf.

Der Nachthase trommelte ungeduldig mit den Hinterläufen. »Aber du hast doch das Buch, oder? Und die Uhr?«

»Ja, aber ich weiß nicht, wozu das gut sein soll. In dem Buch gibt es bloß Zeichnungen von mir, und die Uhr ist nichts weiter als eine Uhr.«

»Oh, nein. Es gibt nichts, das nur ›bloß‹ oder ›nichts weiter‹ ist. Nichts ist jemals ›nichts‹, genauso, wie nichts jemals vergessen ist, zumindest nicht ganz.« Er wippte mit der Nase. »Zeig mir das Buch. Vielleicht gibt es ja einen Hinweis.«

Alissa wollte sagen, dass es wirklich nur Zeichnungen waren, aber sie verkniff es sich. Der Nachthase würde es nicht gelten lassen, und so zeigte sie ihm das Buch, blätterte Seite um Seite um.

Mit wippender Nase betrachtete der Nachthase jede einzelne Seite. Hier und da zuckten seine Ohren anerkennend, aber sonst zeigte er keine Reaktion. Erst, als sie zu der Seite kamen, wo Alissa die seltsame Uhr in all ihren Einzel- und Feinheiten gezeichnet hatte, legte er eine Pfote auf die Seite, um sie am Umblättern zu hindern.

»Nein«, sagte er schlicht. »Wir müssen nicht weitersuchen. Genau hier ist es.« Der Nachthase deutete auf die Zeichnung.

Alissa sah ihn fragend an.

»Das ist die Anleitung, wie man das Herz repariert!«, erklärte der Hase ein wenig ungeduldig.

»Welches Herz?«, fragte Alissa.

»Herz? Habe ich ›Herz‹ gesagt?« Die Nase des Nachthasen nahm einen rötlichen Ton an. Alissa nickte.

»Oh. Ich wollte ›Uhr‹ sagen.«

»Du hast aber ›Herz‹ gesagt.«

»Ja.« Traurig ließ der Nachthase den Kopf sinken.

»Was meintest du damit?«

Der Hase seufzte nasewackelnd. »Ich meinte die Uhr. Die Uhr ist das Herz der Königin, weißt du?«

»Das Herz der Königin?« Alissa verstand gar nichts.

Der Nachthase nickte. »Du weißt doch inzwischen, dass diese Uhr hier ziemlich wichtig ist, oder?«

»Ja. Seit ich hier bin, hat ja jeder von der Uhr gesprochen.«

Der Nachthase wackelte mit den Ohren. »Ja, das haben wir wohl alle. Aber die Uhr ist auch wirklich wichtig. Denn diese Uhr hier« – er deutete auf die seltsam kaputte Uhr auf dem Tisch – »ist das Herz der Königin. Und die Königin ist das Leben von Drunterland. Schlägt die Uhr nicht die richtige Zeit, schlägt das Herz der Königin nicht den richtigen Takt. Und Drunterland vergeht. Es fängt mit den kleinen Dingen an, und dann hummelt es plötzlich nicht mehr im Lavendel. Und wenn es so weit ist, ist nicht nur Drunterland in Gefahr, sondern auch Drüberland. Denn wenn es kein Darunter mehr gibt, vergeht auch das Darüber. Verstehst du? Weil Drüberland doch aus den Träumen wächst, die im Lavendel geboren und von den Hummeln nach oben getragen werden.«

Alissa war verwirrt. »Und was habe ich damit zu tun?«, fragte sie nach einer Weile, weil sie glaubte, die Antwort darauf wäre das Stückchen des Puzzles, das ihr noch fehlte.

»Weil nur ein Menschenkind eine neue Uhr herbringen kann.«

»Aber … sind Herr von Tick und Herr von Tack nicht Uhrmacher? Sie können doch jede Uhr bauen, die sie bauen wollen.«

Der Nachthase schüttelte den Kopf. »Das können sie«, antwortete er, »aber sie können das Herz der Königin nicht reparieren. Nur ein Menschenkind, das den Weg nach Drunterland kennt, kann uns helfen. Du kanntest den Weg – und du hast den Uhrenladen gefunden. Deswegen bist du hier. Du kannst uns retten.« Der Nachthase sah sie mit großen, freudestrahlenden Augen an.

Alissa schluckte. »Aber ich habe doch noch nie eine Uhr repariert! Und ich wusste nichts von Drunterland, und ich hätte nicht hergefunden, wenn nicht Meister Raupe und das Mondkäuzchen und Blitz, die Feuerschlange, gewesen wären. Ich hätte ja nicht mal den Uhrladen von Herrn von Tack gefunden, wenn ich nicht das Gesicht in der Bahnscheibe gesehen hätte …« Sie stockte. »Das Gesicht«, murmelte sie und drehte den Kopf zu Herrn von Tack. »Das war er.« Sie zeigte auf den traurigen Uhrmacher. »Er hat mir gesagt, ich müsse dort hingehen, wo die Zeit rückwärts geht.«

»Hat er?« Der Nachthase wirkte ehrlich erstaunt. »Ich wusste gar nicht, dass er das getan hat. Und wahrscheinlich weiß er es selbst auch nicht mehr. Aber wir müssen jetzt die

Uhr reparieren. Du weißt, wir haben nicht mehr viel Zeit. Um viertel nach zwölf enden die Dinge.«

Für einen Moment zögerte Alissa, dann aber nickte sie. Ihr ganzes Leben lang hatte sie von der Treppe geträumt, den Weg nach Drunterland immer wieder gezeichnet. Und jetzt, da sie wusste, dass all dies immer einen Sinn gehabt hatte, wollte sie es auch zu Ende bringen. Mit zitternden Händen drehte sie das Buch zu sich, um die Skizze genauer zu betrachten. Dann, mit einem zögernden Blick auf den traurigen Uhrmacher, der sie jedoch nicht beachtete, legte sie die Uhr, die sie aus dem Laden seines Zwillings mitgebracht hatte, neben die kaputte, von der der Nachthase behauptet hatte, sie sei nicht nur das Herz einer Königin, sondern die Zeit einer ganzen Welt.

KAPITEL XIV

Das neue Herz. Herr von Tick und Herr von Tack.

Später wusste Alissa nicht mehr, wie lange sie gebraucht hatte, um die schwarz angelaufene Uhr mit dem zersprungenen Glas und den stillstehenden Zeigern wieder mit Teilen der mitgebrachten zum Laufen zu bringen.

Der Uhrmacher und der Nachthase waren die ganze Zeit bei ihr gewesen, aber keiner von beiden hatte ein Wort gesagt. Der Uhrmacher blieb in seiner Traurigkeit versunken und der Nachthase traute sich nicht, sie in ihrer Konzentration zu stören.

Am Ende jedenfalls, so dachte Alissa, als die Uhr in ihren Händen leise tickte, war es leichter gewesen, als erwartet. Schritt für Schritt hatten ihre Skizzen sie durch die Reparatur geführt. Manchmal waren ihr die Arbeitsschritte unmöglich erschienen, und noch unmöglicher war es ihr zu glauben, dass sie selbst sie einmal aufgezeichnet hatte, aber sie wusste, dass es so gewesen war. Sie wusste nur nicht, woher sie all diese Dinge gewusst hatte.

Die Antwort auf diese Frage kam, als das eintönige Tack, Tack, Tack der Uhren im Haus von Herrn von Tack sich in ein gleichmäßiges Tick-Tack, Tick-Tack, Tick-Tack verwandelte, das zur gleichen Zeit fröhlich und traurig klang. Froh, dass die Sekunde begann, traurig darüber, dass sie verging. Tick-Tack, Tick-Tack, und mit dem nächsten Wechsel von jetzt auf gleich auf jetzt stand Herr von Tick in der kleinen Werkstatt, direkt neben dem Sessel, auf dem Herr von Tack saß.

Die Brüder blickten einander an, dann sahen sie zu Alissa.

»Du hast es also geschafft«, sagten sie, beide zugleich. Alissa nickte und hielt die Uhr hoch.

Der fröhliche Uhrmacher lächelte stolz. »Ich wusste, dass du es schaffst. Ich wusste es, seit ich das erste Mal gesehen habe, dass du die Bilder verstehst, die die Zeit dir zuflüstert.«

»Du wusstest es?«, hakte Alissa nach, und Herr von Tick ließ die Schultern ein wenig hängen.

»Natürlich«, sagte er dann. »Es geschieht immer wieder, dass die Herzuhr stehen bleibt – mal früher, mal später. Und nun – dann muss jemand da sein, der uns helfen kann.«

Der Nachthase mischte sich ein. »Und solange ist immer einer der beiden Uhrmacher nicht beim anderen, und das Ticken gerät aus dem Gleichgewicht.«

Herr von Tack wischte sich eine Träne aus den Augenwinkeln, obwohl Alissa fand, dass der traurige Uhrmacher schon viel weniger traurig aussah. »So verändern wir selbst ein wenig das Herz der Königin.« Und sein Bruder fügte hinzu: »Doch manchmal muss etwas zerbrechen, damit es wieder heil werden kann.« Beide schenkten ihr ein Lächeln, der eine ein fröhliches, der andere ein trauriges.

Dann streckte Herr von Tack die Hand aus. »Gibst du uns die Uhr, Alissa?«

»Natürlich«, sagte sie.

Der Nachthase kam zu ihr gehoppelt und nahm die Uhr an sich.

Seine großen, dunklen Knopfaugen strahlten mit den tausend neuen, glänzenden Sternen auf seinem Fell um die Wette.

Einen Moment später hatte er sich abgewandt und war mit der Uhr nach draußen gehoppelt.

»Wo geht er hin?«, fragte Alissa.

»Der Nachthase wird wieder mit der Uhr durch Drunterland reisen, als Auge und Ohr unserer Königin. Sie kann sehen, was ihr Herz sieht.« Alissa verstand. Sie war ein wenig traurig, dass sie sich nicht von dem Hasen hatte verabschieden können.

»Und was wird jetzt geschehen?«

»Nun«, antworteten beide Uhrmacher, »du wirst zurück nach Hause gehen.«

»Muss ich wieder an einer Uhr drehen?«, fragte Alissa, traurig, dass dies schon der Abschied sein sollte, und wollte nach ihrem Buch greifen, da legte Herr von Tack mit trauriger Miene eine Hand darauf.

Herr von Tick, mit seinem immerwährenden Lächeln, antwortete an seiner Stelle: »Nein, du musst an keiner Uhr drehen. Und es wird auch keine Treppe mehr geben, kein Buch mehr. Wenn du gehst, dann gehst du ganz, Alissa. Es gibt kein Zurück nach Drunterland. Ein jeder Mensch findet die Treppe nur ein einziges Mal. Wenn du gehst, Alissa, gibt es nicht einmal ein Erinnern. Wenn du Glück hast, vielleicht ein Träumen.«

»Aber ich will euch nicht vergessen«, flüsterte Alissa entsetzt. »Ich will die Treppe weiterhin sehen können.«

Beide Uhrmacher schüttelten den Kopf. »Das wird nicht gehen. Es tut uns leid. Trotzdem: Wir danken dir.«

Alissas Gedanken überschlugen sich. Was, wenn sie einfach nicht zurückging? Was, wenn sie einfach blieb? Sie könnte Meister Raupe helfen, seine Raupen zu dressieren. Sie könnte sich um die Hummeln kümmern. Und sie könnte auch eine zweite Uhr holen, wenn es an der Zeit war, die eine zu reparieren.

Die Herren von Tick und von Tack schüttelten jedoch die Köpfe, als hätten sie jeden ihrer Gedanken verstanden.

»Würdest du hierbleiben, Alissa, so würdest du jemand anderes werden. Man kann nur einmal eine Herzuhr tragen, und nur einmal trifft man auf den Nachthasen oder auf uns. Mit Meister Raupe verhält es sich ein wenig anders, aber das ist eine andere Geschichte.«

Sie schwiegen einen Moment, dann lächelte der eine ein breites Lächeln und der andere weinte eine einsame Träne. Beide winkten ihr zu. »Leb wohl, Alissa«, riefen sie. »Leb wohl.« Und mit einem Mal hatte jeder von ihnen eine Uhr in den Händen und drehte an ihrem Rädchen, der eine nach vorn, der andere nach hinten.

Dann, von jetzt auf gleich, innerhalb eines Augenaufschlags, waren sie ebenso fort wie das Standuhrhaus, Drunterland oder die Treppe. Für einen kurzen Moment meinte Alissa noch, ein herzförmiges Tor zu sehen, dessen Türklopfer eine Träne vergoss. Und da waren Stimmen, die nach Rosen dufteten und ihr einen Abschiedsgruß zuriefen, aber dann war da nur noch die Bahn, die mit ratternden Rädern in die nächste Station einfuhr.

Fast automatisch griff Alissa nach etwas auf ihrem Schoß, doch da war nichts, und sie fragte sich, was denn dort hätte gewesen sein können.

Sie stieg aus, und um ein Haar wäre ein Schmetterling gegen ihr Gesicht geflogen, doch der bunte Falter flatterte gerade noch rechtzeitig aus dem Weg.

»Schmetterlingen«, murmelte Alissa, ohne so recht zu wissen, warum, »sollte man nicht folgen.«

EPILOG

Die Königin. Es hummelt im Lavendel.

Die weißgetigerte Katze hing mit der Nase tief über dem Buch. Ihr geringelter Schwanz malte Kringel in die Luft. Die Frau, die wie eine Vollmondnacht war, stand neben ihr.

»Es ist wieder gut«, flüsterte sie. »Mein Herz ist geheilt.«

Die Katze wackelte mit den Schnurrhaaren. »Ja«, maunzte sie. »Es hummelt wieder im Lavendel. Eure Träume erwachen wieder zum Leben. Die Zeit ist wieder im Gleichklang.«

»Geht es ihnen gut?«, fragte die Königin, wie man die nachtgleiche Frau zu nennen pflegte.

»Wem?«

»Den beiden Uhrmachern. Dem Nachthasen. Meister Raupe.«

»Sicher. Solange es im Lavendel hummelt, geht es allen gut.«

»Und was ist mit dem Menschenmädchen?«

»Sie hat uns vergessen.« Mit einer raschelnden Bewegung blätterte die Lesekatze eine Seite in dem Buch um, in dem sie gerade las.

Die Königin sah, dass auf der nachfolgenden Seite nichts geschrieben stand. Sie lächelte matt. »Auch ich werde vergessen, nicht wahr? Ich werde vergessen, dass mein Herz nur eine Uhr ist, die ein Hase trägt und die von Zeit zu Zeit kaputtgehen muss, damit alles gut werden kann.«

»Ja«, maunzte die Katze. »Solange, bis es wieder an der Zeit ist, dass ihr es wisst.«

Sie schloss das Buch. Und als die Buchdeckel aufeinander ruhten, schloss auch die Königin die Augen.

Irgendwo hoppelte ein Hase über Lavendelfelder voller Hummeln. Er hielt eine Uhr in der Hand.

FABIENNE SIEGMUND

Fabienne Siegmund, geboren 1980, lebt in der Nähe von Köln, wo sie einem Büro-Berufsleben in der Energiewirtschaft nachgeht.

Ihre Freizeit verbringt sie zum größten Teil in Geschichten (egal ob lesend oder schreibend), besucht aber auch sehr gerne das ein oder andere Eishockeyspiel, Konzert oder Theaterstück, bastelt gerne mit allen möglichen Dingen und liebt es, durch die Welt zu reisen.
Ihre Geschichten findet sie mitunter in Sandkörnern, von denen sie seit der ersten Lektüre der unendlichen Geschichte weiß, dass aus einem jeden eine ganze Welt entstehen kann.

Durch das Kaninchenloch purzelte sie das erste Mal als Kind zwischen den Seiten eines Bilderbuchs, und seither folgt sie stetig Kaninchen aller Art auf die unterschiedlichsten Wege, liebt Tee und sammelt wunderlandige Dinge.

Ob ihr diese Geschichte wirklich von einer Dahlie erzählt wurde, will sie jedoch nicht verraten.

EIN DANK

I am just another Alice who's trying to find her way out of her head and into a wonderland.
(Vàzaki Nada)

Diese Geschichte entstand 2012, als ich meiner formidablen Schreibgruppe das Thema »Alice im Wunderland« gab – begleitet von zwei Gegenständen, die ich erhielt: die Postkarte einer lesenden Katze und eine kaputte Uhr.

Manchmal braucht es nicht mehr, um ein ganzes Universum entstehen zu lassen.

Daher möchte ich Verena Hoyer danken, die mir diese beiden Dinge gab und darüber hinaus natürlich den übrigen Mitgliedern der Kraniche, die damals zugegen waren: Gaby Spölgen, Jörg Bremser und Michael Bunte.

Nun also schreiben wir das Jahr 2017 aus der Geschichte ist tatsächlich ein Buch geworden. Aber auch sonst ist Zwischenzeitlich viel passiert – Gutes und Schlechtes, Schönes und Schreckliches – eine große Portion Leben eben. Doch ich habe das große Glück, von Menschen umgeben zu sein, die mich niemals vergessen lassen, dass das Wunderland überall sein kann und dass ich stets etwas habe, für das sich das Kämpfen lohnt: Die allerbesten Freunde, die man haben kann.

Deswegen geht mein Dank an meine Freunde, die mich immer wieder auffangen und aufrichten, mich antreiben und herausfordern, mich unterstützen, mich fliegen lassen und festhalten, mich sehen und wahrnehmen und wirklich immer, egal wann, für mich da sind.

Darüber hinaus danke ich Schemajah Schuppmann für das Vertrauen in mich und meine Geschichten. Was wären

Geschichten, wenn sie kein Papier verzieren dürften?

Jana Damaris Rech für ihre Zeichnungen und die Liebe für das Drunterland.

Und meinen Eltern. Die mich eines Tages durch das Aufschlagen eines Buches in ein Kaninchenloch purzeln ließen.

Fabienne Siegmund,
im April 2017